The
FORECAST
BELOW THE SURFACE:
THE WORLD IN 2016+

Aesop

良物的态度

张璇 / 著

GUANGXI NORMAL UNIVERSITY PRESS
广西师范大学出版社
·桂林·

图书在版编目（CIP）数据

良物的态度 / 张璇著. —桂林：广西师范大学出版社，2017.5（2017.7 重印）
ISBN 978-7-5495-9584-6

Ⅰ. ①良… Ⅱ. ①张… Ⅲ. ①随笔—作品集—中国—当代 Ⅳ. ①I267.1

中国版本图书馆 CIP 数据核字（2017）第 040858 号

广西师范大学出版社出版发行
（广西桂林市中华路 22 号　邮政编码：541001
网址：http://www.bbtpress.com）
出版人：张艺兵
全国新华书店经销
广西民族印刷包装集团有限公司印刷
（南宁市高新区高新三路 1 号　邮政编码：530007）
开本：787 mm × 1 092 mm　1/32
印张：6.5　　字数：48 千字
2017 年 5 月第 1 版　　2017 年 7 月第 2 次印刷
印数：10 001~15 000 册　　定价：45.00 元

序

在写这本书的时候，我花了近乎一年的时间来审视自己的生活，和生活的周边之物。

从一个茶杯到一支口红，从一双球鞋到一碗泡饭，在这个号称要时时“看脸”的年代，赏物的姿势是个问题。我们究竟赞美的是什么？那些被记忆刻画的又是什么？你给自己的符号究竟是一款香奈儿限量手袋，还是一件没有款名的备前烧？太过夸大“物”的灵魂，像是种蹩脚的宗教，很难得到忠实的信徒。但是忽视“物”所存在的痕迹，这又万万不能。在世间繁物面前，你或许该时时问问自己：我和它的关系到底是什么样的？

毋庸置疑，亲爱的，良物自有态度，你我凡人需要用心感受。

而此时，酒已温热，只待回忆。

良辰美景，望君多思呢。

目录

序

白T恤法则

我是个一年四季都要穿白 T 恤的人，哪怕是出席一些重要活动，也丝毫不会觉得羞怯。比起针脚粗糙的礼服裙，我对待白 T 的态度可是郑重多了。当然，对于这种基本款服装，“好穿”一定是第一要义。但“好穿”究竟是指什么？人人都会给白 T 恤规定“好穿法则”吗？

在我看来，好穿的白 T 恤首先要质感出众。我喜欢偏薄的棉质面料，隐约有一点透，不至于看起来太呆板。要有一点垂坠感，但不要滑溜溜的弹力面料。在这方面 Alexander Wang[1] 和 COS[2] 都做得非常出色，后者价格更可爱一些，缺点是领口部分禁不起水洗。

其次，好穿的白 T 恤一定是你需要的版型。同样都是白 T 恤，宽松和修身的剪裁差别就会非常大。可能会是阿姨和辣妹的差别，或者反过来，是辣妹和服务生的差别。T 恤的长度一定不要超过臀部，否则会有穿睡衣出门的嫌疑。

另外，领口是否露出锁骨视觉效果完全不同，比如 American Apparel[3] 的白 T 领口就很小，不论大胸还是平胸妹子穿起来都会有一种健康的时髦感。但大领口，完全露出锁骨的款式对于上围丰满的姑娘们就成了一种挑战，稍有不慎就会落入俗套。

还有人人都以为没有差别的袖子，长度如何，是否卷边，是否要在外面套上一件略宽松的 V 领针织衫等等……这些是能否晋级的加分项了。

以上种种，对于一件简单的白 T 恤来说每一项都非常重要，完全值得仔细斟酌。毕竟除了“白色”和“T 恤”两个元素之外，它确实没什么可以拿来博人眼球的东西。**“简单”和“简陋”之间隔着一万件白 T 恤的距离，这大致就是基本款很难真正穿好的原因吧。**

所以，我宁愿花时间去买一件完美的白 T 恤，也不要退而求其次去选择一些花哨但禁不起打量的东西。

也正是因为有了这些“好穿法则”，生活中才会有源源不断的小乐趣。否则，生活就会变成和谁睡都无所谓，买什么都还行，吃什么都差不多～那未免也太丧了。

1. 亚历山大 · 王 (Alexander Wang) 是设计师 Alexander Wang 在 2004 年创立的同名品牌，设计崇尚细节主义，同时追求自由和不羁的精神。2009 年春，Alexander Wang 推出了副线品牌 T by Alexander Wang，更加注重舒适与实穿性。

2. COS(Collection of Style), 是 H&M 集团旗下的高端品牌。以简约且不退潮流的美学设计闻名，其低调又新颖的时装系列，不仅强调了服装的实穿度，也为人们带来了意想不到的惊喜。

3. American Apparel，简称为 AA。产品主要为基本款 T 恤、内衣、牛仔裤等，具有独特的 mix&match 风格。其全部广告均选用业余模特，大多为自己的员工或顾客。主张不改变你的风格，不刻意的搭配，还原青春本真的自我。该品牌已于 2015 年宣布破产。

蜂蜡棉布

第一次看到这种棉布的时候，我想任谁都没有办法立刻猜到它的用法。

这是一种来自美国的手工蜂蜡保鲜棉布，在有机棉布上使用具有抗菌功能的蜂蜡和荷荷巴油作为涂层，便成了可以将各种食材妥善储存的完美“保鲜包装”。蜂蜡本身就具有天然的防腐特质，连最难储存的乳制品都可以完美保鲜，蔬菜和水果更不在话下。而且，不仅蜂蜡涂层经过特别甄选，就连纺织品本身，从收获原料到加工和最后的印花、包装也都经过严格的安全检测，具有全球有机纺织品标准认证，完全可以放心地和食物接触。

使用的时候，只需将棉布覆盖在器皿或者食物上，用双手的温度来软化布料，使之定型，让棉布和食物之间保持在有点亲密又各自留有空间的适当距离即可。清洁起来也十分方便，清水或再加入几滴洗洁精就好。这样的循环使用，可以长达一年左右的时间。

从此以后，切了一半的柠檬、黄油，想要外带的三明治，还未混合酱汁、需要暂时放入冰箱的色拉都有了更妥帖的陪伴。清新简单的设计，也在不经意间装点了厨房。是一旦尝试过，就可以坚定心意用下去的美物。何况，它对待自然环境还是如此的友善。

Tom Ford 式 精神内核

我们为什么要装扮？ Tom Ford[1] 曾给出过答案。

他说："当我很难过的时候，我 suit。" 你看，"suit" 不是简单的为了愉悦，而是为了抵抗愉悦背后更深沉的痛苦。服装是可以做到这件事的，但它未必适合绝大部分人。对于普通人来说，消费、性、食物、倾诉等等方式都能缓释痛苦，可 "suit" 太难了。如果不是对它极致热爱，就很难体会它在你情绪低谷时带来的极致抚慰。

从某一方面来讲，服装是 Tom Ford 的精神药物。

可以毫不夸张地说，Tom 曾创造了 Gucci 最辉煌的一段历史（现在的创意总监 Alessandro Michele 可能也是）。他改写了 Gucci 在上世纪 80 年代因授权问题而导致品牌品质下降的负面形象，并让其成为 90 年代举足轻重的时尚大牌。离开 Gucci 之后，他开始做自己的同名个人品牌，包括男装、女装、化妆品……后来又做了编剧和导演。电影《单身男子》里每一帧画面都是

Tom Ford 式的视觉美学盛宴：Colin Firth 让人心碎的衣柜、Julian Moore 手中的粉红色寿百年香烟，还有摇窗老爷车、滚蕾丝边的萝莉裙、橙红夕阳下少年唯美的脸庞等等。你能从中看出他的极度挑剔和极强的掌控欲。

他也曾表达过，无论是设计什么形式的作品，他都需要时刻自信。当自信成为一种精神独裁，设计师就是独裁者本人。这是我所理解的 Tom Ford 式精神内核：**在美和愉悦的部分保持高度渗透，然后，用这种渗透去抵抗看似无法抵抗的东西，最终成就个人风格。**

1. 汤姆 · 福特 (Tom Ford) 是设计师 Tom Ford 于 2005 年在纽约创立的时装品牌，主要产品包含：女装、男装、美妆、眼镜、配饰等。而 Tom Ford 本人曾出任 Gucci 和 YSL 的创意总监，被影星 Rita Wilson 称为“世界上最性感的同性恋男人”。

比男友
还难选的枕头

正因为工作内容多数是和购物、潮流相关的事情，所以如非必要，其实我并不喜欢到商场购物。从厕纸到袜子，从生鲜水果到定制手袋，能通过网络解决的，尽量通过网络解决；不能通过网络解决的，还有其他做买手的朋友，或者随时守候的 24 小时便利店。但只有一件东西是我认为坚决不能通过网络采买的，那就是枕头。

对于一个长期伏案工作、入睡难又容易多梦的人来说，枕头是太重要的存在。你需要不断地试睡再试睡，得历经多款“渣枕”后才有可能找到真爱。

在挑选枕头的路上，我首先排除的是星级酒店比如 The Ritz-Carlton[1] 或 Four Seasons[2] 一般喜欢用的羽绒枕。那种一躺下来就陷进去的感觉，软软蓬蓬完全不适合我。曾有一阵，我也尝试过乳胶枕，并且是乳胶枕中的明星品牌 Dunlopillo[3], 其承托力和柔软度几近完美均衡，但寿命较短。我还尝试过日本的软管枕，对颈椎的承托也不错，同时也方便晾晒，除菌除螨。可惜高度不够，只适合那种习惯仰睡的“文雅型”人类。

现在睡的这只是记忆棉枕，并不是同品牌里最贵的那个，但高度和形状最适合我。它相比乳胶枕要硬一些,枕套还有独特的抗菌处理。虽然店员说这个系列在国内几乎滞销，但好在我是个颈椎极其脆弱的人，脆弱到已经不再需要考虑一般意义上的购物指南或测评，一切都以亲身体验为准。于是，试睡之后当即刷卡买了两只。

拎着两只巨大的枕头盒子走在商区的马路上，想到今晚要开什么样的酒，换什么颜色的床单来配它，幸福感已经值回票价，这时才是开始考虑枕边人是谁的时候。

1. The Ritz-Carlton，世界顶级酒店管理公司。向每一位顾客提供个性化服务是 The Ritz-Carlton 品牌的一大特色。Coco Chanel 去世前的 34 年一直住在位于巴黎的 Ritz Paris Hotel 套房内。

2.Four Seasons，四季酒店，是世界顶级的高档酒店品牌，由四季酒店集团董事会主席和首席执行官 Isadore Sharp 于 1960 年创建。

3. Dunlopillo 为英国知名乳胶产品品牌。科学家 E. A. Murphy 于 1929 年在英国伯明翰研发出世界上第一款乳胶，并将其命名注册为 Dunlopillo。

红包与信笺

忘记是在哪看到过的采访，一位奶奶级别的香港资深艺人，她说：到了这个岁数，自己的日常起居都有佣人和儿女在照顾，奢侈手袋渐渐变成了随身的配饰，但口红、香水、记事本，并没有什么东西非带在身边不可。如果有，那也就是红包袋了。

没错，她总会带几个簇新的烫金红包在手袋夹层。逢年过节自不必说，就是平平常常地去电台录节目，化妆师偶尔说起自己刚刚搬了新家，她也会道一声恭喜，然后再包一点“利是”给对方。入行多年，一直如此，每个人提到她时都充满尊敬。在香港，所谓“利是”其实只是一种吉利、祝福的表达，钱并不多。但红包拿在手里，满心温暖，哪有人会不喜欢？何况是交集不多的陌生人，简直可以算是意外的惊喜。这样老派又郑重的风格，是现代手机里各种快捷功能的 APP 做不到的。

也就是在这几年，我慢慢习惯每次逛文创店都买一点用来写短信或留言的信笺。不是那种办公室常用的、背面有不干胶的便利贴。它们总是被“啪”的一下贴在谁的桌子上，被来来往往的人看了又看，最后散落在满是灰尘的角落。

而信笺，其实只要小巧简单的设计就很好，但一定要配有信封。把想说的话一个字一个字地写在卡片上，再用信封封好，妥帖又温柔。那些不方便用邮件和手机表达的心意，那些婉转的感谢和请求，手写自有温度，对方一定能更加明了。

想来用信笺写情书的年代早已过去，曾经操场上的男孩儿和女孩儿们，不知道是否还将那些信好好收藏着?

安心的清洁剂

如果不是由于商业化市场的高度细分，未必会有那么多用于清洁的产品可供我们选择吧？就像女性喜欢买口红一样，口红存在的本质其实是为了一种精神上的满足。而那些清洁爱好者，也会在超市或药妆店买得心神荡漾。单单就厨房这一项，就有清洁油污、水垢、蔬果、水槽、大理石流理台、瓷器、银器、玻璃制品等不同的细分，想像那些“被洁净”过后闪闪发亮的器物，确实是感官内外的享受。但除了显见的“有效清洁”之外，我想要多问一句，化学残留怎么办呢？如何找到一款可以让人安心的清洁剂？这完全值得我们花一些心思。

我用小苏打和柠檬汁混合，装进细口长颈的小喷壶里，作为可以在厨房通用的清洁剂。一般的油污只要少许喷一些，再用抹布抹去即可。干干净净，气味怡人，而且不会对餐具有损伤。因为

小苏打和柠檬都是可食用的，完全不用担心有什么健康问题，用它们做成的清洁剂对水质更不会有二次污染，这也算是在为我们脆弱的环境做一点力所能及的事情了。这个方子在《老友记》里也曾经出现过，是有洁癖的莫妮卡和女佣“一见倾心”的原因。所以你看，不光是服装可以让你迅速找到同类，生活用品也是很容易找到同好的。**但凡是讲究品质的人，哪怕是一瓶清洁剂，都不会让自己的选择太粗糙。**

同样的方子，再加入一点迷迭香精油或马鞭草精油，用来清洁浴室的水垢也有神奇效果。我个人比较偏爱马鞭草，它自带处女座洁癖基因，能把所有东西都通通透透地抚摸一遍，散发出阳光的味道。

并不全能的底妆

我向来惧怕那些号称全能的东西：快速美白、全面保湿、一件显瘦、全年百搭，听起来总是有点戚戚的。如果购物标准全是这样，那么，那些买手也就没有什么存在的意义了，贵妇和辣妹亦不需要再互相指指点点。反正大家都追求统一完美。

但世界其实并不需要这些全能的东西：正因为有不完美，有不同的标准，消费才有乐趣，或者不如说是，有了继续消费的理由。

就像底妆，单就粉底液一项来说，可买的就太多。

轻薄润透的是要用在有阳光的户外，最好带一点防晒，能长久保湿，还能透出自然好气色；遮瑕功能显著的，是要留着在夜晚、室内的时候用，不惨白，只有精致和细腻；而一些需要被动“素颜”的场合，薄薄涂一层带有修色效果的美容液就好，均匀肤色，还有些许少女感的晶莹光泽。比如 By Terry[1] 就不错，Rose Elixir 那支，有着浅粉色贝母般的色调，十分适合本身瑕疵就不多的皮肤，它能使脸庞有那种从内而外的清新感。靠着自然光的折射，再加一层蜜粉，这样就算出门再急也心有自信。

所以，有缺点当然不是坏事，不能如意的原因，难道不是贪图性价比和想一劳永逸的懒惰？就像我时常觉得，那些在感情道路上屡屡遇人不淑的姑娘，如果横下心来，认定对方就是一个可爱又笨拙的人，那么于人于己，这段关系都将是一段愉悦的旅程。

1. By Terry，由法国化妆师 Terry de Gunzburg 于 1998 年创办，也是全球首个推出定制化妆品服务的品牌。颜色、质地都可按照顾客的喜好、皮肤状况等特别需要调配，整个过程效仿法国国粹 Haute Couture（高级度身定制女服）。从预约、面谈、制色样板、试用，直至顾客满意为止，每次只生产一年的分量，装在刻有客人名字的水泡形金属珠宝盒里，颇具美感。

不羁的帆布鞋

起笔这篇之前还在想，当拿到书的你们翻看阅读的时候，“小白鞋”仍然在流行吗？甚至因流行而衍生出的护理“小白鞋神器”还在热卖吗？时光易逝这回事在时尚圈尤其明显。

但我一直觉得，球鞋何必要白得耀眼？太过干净整洁，难免显得刻意。如果是帆布质地，更是随性洒脱才好。有点脏脏的鞋边，随意系起来，或者干脆散着鞋带，露出晒成蜜色的脚踝和小腿，再搭配宽松的工装背心、卡其短裤最适合不过。所以，我会格外钟爱 Superga[1]。意大利人在审美方面一直都天赋迥异，认真老派的同时又有一点天性里的自然不羁，十分可爱。

这个坐拥一百多年历史的品牌，不单是制作橡胶鞋底帆布鞋的鼻祖，更凭一双 Classic 2750 帆布鞋成功赢得了“意大利国民鞋”的称号。它以网球鞋为原型，所以外形方面非常朴实简洁。手工缝合的橡胶鞋底，经过硫化橡胶技术处理后，鞋底的弹性和舒适度都大大增加了。虽然和 Common Projects[2] 之类的比起来略显粗糙，甚至仔细看每一双的橡胶细节都有所不同，但却有另外一番直率洒脱的态度。

你说时尚要全副武装？但精致的女孩远没有坏女孩性感哟，鞋子也一样。

1. Superga，创立于 1911 年的百年意大利品牌，创始人为 Walter Martiny。现今，Superga 每季提供针对不同性别、年龄客层丰富的产品线，包括多种颜色、材质、印刷的商品。除了经典硫化胶底与运动商品线——Classic Cotu 2750 款式之外，新系列包括皮鞋类与橡胶雨靴。

2. Common Projects，创立于 90 年代的高端运动鞋品牌。在意大利和美国设有办公室，却只有 6 个雇员，去年的总收入超过了 1000 万美金，每双鞋后跟处均印有一排烫金编码，前四个数字代表款式，中间的数字代表码数，后四位代表颜色，此外再无多余的装饰。一经发布就得到时尚圈的高度关注，很快就从运动鞋变成了必备的潮流单品。

不过分矫饰的
护肤品

对于护肤这件事，其实任谁都无法忽略“平衡”二字。但是作为雌性动物，平衡往往是很难达到的境界。太美的包装、炫目的广告、温和又确实有效的肤质改变、密友的口碑，哪怕是让人瞬间产生好感的舒缓愉悦的味道，都可能带来冲动消费。

但偏偏有些品牌，几十年来只上市了很少的几种产品，却对原料、产地、配方精挑细选。大概是不相信有什么护肤品能让时光倒流，就像你不可能要求一个老太太没有皱纹。与其夸大其词地“欺骗消费者”，不如去强调以及希望他们的产品能让每一位顾客过上身心平衡的生活。这类品牌，大多抗拒反复地装饰以及过分热情地推销自己，这种“背道而驰”的品牌文化反而让它的品质更经得起时间的推敲。内敛低调，只专注将护肤的功效发挥到极致，不过分矫饰便是如此了。

Aesop[1] 和 HABA[2] 都是我日常在用的，简单温和，能够让你持续拥有健康、充满光泽的肌肤。因其独特的产品理念，选择起来也没有太多干扰，只管买就是了。这样筛选下来的生活用品，品质出众且稳定，甚至是可以写入“个人标签”的。**没错，就像穿 KENZO[3] 衬衫一样，护肤品也是你个人风格的一种表达。**

极度挑剔，自然就会放弃很多不必要的麻烦了。

1. Aesop，伊索，成立于 1987 年的澳洲品牌，名字起源于“伊索寓言”。在天然植物护肤的基础上率先推行有机理念，由于采用当季的新鲜材料，因此成品的颜色、气味有些微小差异，而这成了品牌的特色。

2. HABA，来自日本的无添加化妆品品牌，在国际护肤品市场上，HABA 一直都是“无添加、纯天然”理念的领导者。

3. KENZO，由日裔设计师高田贤三在法国创立，并于 1993 年加入 LVMH 集团。旗下包含服装、饰品、餐具以及香水。高田贤三 (Kenzo Takada) 是第一个闯荡巴黎的亚洲设计师，被挑剔的巴黎人誉为“时装界的雷诺阿”。用色大胆、线条自然流畅是 KENZO 的最主要特点。香港著名作家邓小宇曾著有《穿 kenzo 的女人》一书。

陈丹青的画框

去看了陈丹青老师在油画院的新展，他说这是自己最奢侈的一次展览，因为近四分之一都是从没被展出过的作品。这也是有趣又诚实的展览，将画册作为静物。于是，“每一幅画都不是他的作品，但每一幅画都签着他的名字。”中间有一些他在临摹期间的感悟、草稿，都是很平实的叙述。

最让我看了又看的那一间展室，却跟他的画作没什么关系。那里展出了陈丹青在国外收集的一些旧画框，有不足一本书大小尺寸的，也有大一些的，很庄重。有镶嵌着金属质地、鎏金藤蔓纹饰的，因为时间久远，金色斑驳，呈现出温柔的质感。也有实木立体雕刻饰金边的，雕刻的工艺非常细腻，曲线高雅优美。他对这些画框的解释是：在国外经常逛二手市场，对这些旧东西总是有着难以克制的喜爱。但是买回来之后，却不知道放什么画进去会更合适，索性空着。反正，放自己的画是不配。最贵的那一个是木雕工艺椭圆形画框，还未来得及上漆，折合人民币四百元左右。

同样被他收回来的，还有两只意大利手工的实木调色板，看不出是什么木质，边缘打磨得很圆润，有淡淡光泽。

我很欣赏这种“索性空着”的态度，而不像现在大多数的都市生活，被不知所云的物品填得太满。来不及清理掉的物欲，就那样堆积在角落里，慢慢被遗忘掉，变脆发黄。

虽然在日常生活中，每个人都未必是那种疯狂追求流行的人，但流行还是在集体性地歇斯底里，并且有着强大的控制力量。**在这个时候，你是否跟随“流行的陈词滥调”，是否可以找到适合自己的风格？是否愿意部分放空？**

这是你对自己的决定。

不太认真的工装裤

难得在这个时间回家：院子里的银杏黄得恰到好处，贪玩的孩子也已经回家，车库门前闪过一只黑白相间的小狗，看了我一眼，就扬着尾巴追着落叶跑远了。眼看着最后一点阳光也要渐渐褪去，晚风就要起了，但也没什么特别的原因，只是突然想在院子里坐坐。是谁说的，秋天就该住在北平？于是，摸遍了所有的口袋，手机和烟都没有带在身边。

奇怪的是，明明是穿了一条工装裤，明明有那么多口袋，却还是做不到可以随时满足自己，真是一条不太认真的工装裤。

买它的时候是喜欢它面料挺阔，兜口都是方方正正的，潇洒和趣味俱佳。而颜色也是我所喜欢的，有一点旧旧的黑色，水洗几次又能透出层次柔和的灰白色，搭短靴和球鞋都是再好不过。现在想来大概是因为和设计师联名的原因，所以面料用了比较时髦的斜纹细帆，而复杂的裁剪又让臀部和胯部的延展性更加有限。哪怕仅仅是在口袋里塞一包面纸，坐下、起身的瞬间都会稍显拘谨。如此一来，潮流确实是表面功夫。

想起某部电影中女主也穿过一条类似的裤子，长到拖地，松松垮垮的，上身随便套了一件紧身的短袖 T 恤，抬抬手肘就能露出一段凝白的腰，好不少女！而且它是真的在使用自己的每一寸廓形、每一寸和身体互动的空间。哪怕口袋里装再多的东西都不会影响行动，跑跳自如，利落潇洒。

可惜，现在市面上已经很难找到这样忠于自己名字的时装了。假模假式的工装裤、并不机车的机车夹克、袖长超过指尖的运动卫衣……对于潮流品牌来说，功能性永远是地位次要的。而我也只能坐在这里，摸着空空的口袋，对这种“名不符实”无可奈何。那种裤子，倒是真的在使用自己的口袋功能，哪怕放再多的东西进去，都不影响行动，跑跳自如。可惜市面上很难找到这样忠于自己名字的时装。有更多的紧身牛仔裤和名牌包袋岂不是更好？而我只好坐在这里，想着自己遗落在车后座的手袋，手袋里有的润唇膏、手机、纸巾、烟盒……

所以，容我说，住在北平真的很难眷恋秋天，还来不及细想，就被一片混沌的霾淹没了。速食食品真是乏味，按时作息真不人性，一年四季有西瓜和葡萄也不再稀奇，没有地平线和海平面可能永远无法胸襟开阔。没有一条宽松的工装裤，也就不能随时摸出棒棒糖或香烟，那等你的时候，会无聊很多。

茶器

说来有点不好意思，其实我是个不懂茶的人。何止不懂，只要看到那些成套的、复杂的茶器就会心里发怵,生怕拿乱了顺序。时刻担心自己喝得不够仪式感，是挺累人的。

但我却很喜欢拿茶“过阴天”，用张爱玲的话来解释大致就是：天气不好不方便出门的时候，索性就做点什么平时不会做的事打发时间，也给自己偷懒找个借口。因为不懂，所以我选茶的方式大致是自己摸索来的,不关心那些专业名词的说法,只关注自己的感受：喜欢入口发涩，旋即一股甘醇逐渐涌出的茶——有韧度、有紧张的节奏,这就对了。看起来很难付之于文字，但其实喝起来非常简单，对于爱茶的人来说，可能是过于“简单”了。

因为这个喝茶的怪癖，朋友送了这套不那么复杂的茶器给我。是窑变釉色烧制工艺，据说对火焰、温度、配方、设计都有诸多要求。随着第一泡热茶注入，杯子表面的开片纹理开始变化，逐渐变得越来越清晰，颜色越来越深，直至呈现出古朴的玉质光泽。也就是说，几乎不用我做什么，只要默默看着它在我手中慢慢沉淀出独一无二的样貌即可。相比其他华丽的茶器，它朴素流畅的样子也很对我胃口。

这样在日常中频频被使用的东西，经过漫长的淘洗，仍旧保持着谦虚的姿态来面对所盛之物，可能是手工匠人们最执着又清晰的内心表达。

这个时候，制作者、使用者和器物本身，才是统一的关系。

床上的最后一道武器

梦露说她只穿着 Chanel[1] No.5 睡觉，我想她一定是个睡眠非常好的人。

这款几乎算是世界上最著名的香水由玫瑰、茉莉为主要基调，内含一百三十多种不同的香精，中调的依兰被芳香治疗师称为“Erotic Scent”，即色情的香味，是古代部落酋长们的御用品，和麝香同为催情神物。而茉莉一直以来都被称为“精油中的国王”，它是绝佳的激素平衡剂，可调节雄性激素分泌。也就是说，如果只着 Chanel No.5[2] 睡觉，你和你的床伴都需要天赋异禀才行。但众所周知，梦露长期以来都是性冷淡的。所以，我暂且相信她是真的能顺利入睡吧。

我并不是习惯裸睡的人，如果一定要做这种选择的话，我可能会只戴眼罩入睡。

图中这只眼罩是偶然在一家内衣店购得的，天然桑蚕丝质地，轻薄的几乎没有重量。摸上去手感腻滑，戒指和指甲边缘都得小心翼翼。真丝属于蛋白质纤维，含有多种对人体有益的氨基酸，可以帮助皮肤维持表面脂膜的新陈代谢，故可以使皮肤保持滋润、光滑。说简单点就是可以帮你锁住眼部水分，抚平细小皱纹，减少睡觉时产生的摩擦。除去以上种种功能不说，光戴上它的那一刻就让人精神放松，想立刻倒进什么人的梦里。软软绵绵的，少女的肌肤也大抵如此了。

如果你在热恋期，不妨将眼罩作为床上的最后一道武器：睡着后不用为眼屎问题焦虑，睡醒时双眼惺忪，把眼罩抬高到额头上，再乱的发型也会变得有几分不经意的娇媚。更不用担心睡得太沉太久，脸上会有尴尬的睡痕。就算是吵吵小架，戴上眼罩先装睡的人显然也是那个最后的赢家啦。

1. Chanel，于 1910 年由 Coco Chanel（原名：Gabrielle Bonheur Chanel ）创立，产品包含：高级定制女装、高级成衣、香水、彩妆、护肤品、鞋履、手袋、眼镜、腕表、珠宝配饰、皮包等。针织水手裙 (tricot sailor dress) 、小黑裙 (little black dress)、樽领套衣都是 Chanel 的标识性款式，它也是第一个将西装褛 (Blazer) 和长裤运用到女装系列的品牌，为现代时装史带来重大革命。现任设计师为 Karl Largerfeld。

2. Chanel No.5，由拥有“香奈儿鼻子”雅号的调香师 Jacques Polge 创制，并于 1921 年推至市场。它把优雅的女性美以全新方法再度演绎，轻快活泼的柠檬果与云呢拿香草，赋予淡香以甜美与惊喜的欢欣气息。Chanel No.5 也是历史上第一瓶以设计师命名的香水。

春风总是露华浓

张爱玲说，我们各人住在各人的衣服里。岂止如此，不仅仅是衣服，我们还住在各人的洗发水、护肤霜、高跟鞋、威士忌、口音、书籍，甚至是浏览器播放列表和音乐收藏夹里。对自我的执念，是尽可能地让自己保持在一个舒适愉悦的区域，执念越多，也就意味着越难获得满足感。

最开始洞察到这件事的，当然不是张爱玲，但竟然没想到是个犹太人,他成功地影响了女性购买方式和购买频率的问题。一瓶指甲油，

先让它从保护指甲的功能中解脱出来，变成一种时尚消费品。紧接着，为它缔造出专属流行趋势，而不是只有红色或无色（在我看来这多少有点无中生有）的选择。最后，他让所有人都认同了一个事实：一个人应该同时有无数瓶指甲油供随时选用，且没有人会真正用完一瓶指甲油。颜色本身也许并不具备意义，但你乖乖买单就对了。

没错，这个以指甲油开始，风靡全欧洲的品牌就是 Revlon[1] 露华浓。

要知道，在指甲油作为功能性产品最开始面市的时候，一个消费者最多只有 20 个可以消费指甲油的地方。如何在需求主动性之外再增加一点流动性呢？肯定不能让一个女人在拥有一瓶指甲油后就满足了。在 60 年代初的时候 Revlon 就表示："我们有 5000 种有着细微差别的红色可供选择，这样才能满足女性在冬天里的心情需要。"所以，重要的不是一瓶指甲油该搭配什么衣服、什么场合，而是仅仅一瓶肯定是无法满足你的。微弯手指，将指甲油吹干的时候，你知道它确实代表一种微不足道的荡漾，你需要这种表达。

可惜现在"Revlon"已经因为管理问题退出了中国市场，不过作为欲望开拓者，它并不影响姑娘们"云想衣裳花想容，春风拂槛露华浓"。

1. Revlon，1932 年由露华浓公司创立，它发明了用颜料替代染料制成色泽艳丽的不透明指甲油，并调配出前所未有的缤纷色彩。这项成功的发明立即引起了巨大反响，给当时的女性带来了美丽与惊喜。1939 年公司提出"让唇膏与甲油相匹配"这一突破性的时尚概念，令露华浓在短短几年中增长了百万美元的资产。该品牌已于 2014 年 2 月宣布退出中国市场。

唇膏的表达

在我上大学的时候，就在“买手课”上听老师讲过“口红效应”。

它其实是指一种有趣的经济现象：在美国，每当经济不景气时，口红的销量反而会直线上升。这是因为即使在经济不景气的情况下，人们仍然会有强烈的消费欲望。口红作为一种“平价的非必要之物”，可以对消费者起到一种“聊胜于无”的安慰作用，尤其是当水润、艳丽的膏体接触双唇的那一刻，镜子里的你才是你想要看到、并且选择看到的。

再有，经济的衰退会让一些人的收入降低，这样他们很难攒钱去做一些“大事”，比如买房、买车、出国旅游等等，而用少量的钱去买一些“非必要之物”，小小的成本就可以获得心理上的快感，这种决定就变得简单多了。

但直到现在，我都没办法认同这种所谓的“口红效应”。对女性来说，大的经济形势好与不好，购买口红的数量会有所改变吗？并不是每个人都喜爱香水，也并不是每个人都能时不时买一两只品牌手袋来为自己转换心情。但是，口红在女性的购物清单上，理应是必要之物，甚至买起来根本无需任何理由。

YSL[1] 和 Chanel 的唇膏是我常常入手的，除了颜色让人愉快之外，包装也非常精美，几乎可以满足我对唇膏的所有想像。相比日系牌子的可爱、温和、花哨的包装和噱头，YSL 和 Chanel 这类成熟品牌更能精准地切中我的要害——唇膏就该是这个样子的，是每次拿起它的时候，都能让你对自己微笑的东西。流行的色彩趋势、质地的改变，都只是这一切快乐的附加值罢了。

Comme des Garçons[2]的服装在很大程度上模糊了男女之间的界限，就像它法语品牌名字所表达的含义一样：不论你是谁，不论你身在何处，在你的内心深处，总有一些角落，仍然保持纯真，像个小男孩一样。而在我眼里，YSL 和 Chanel 的唇膏要表达的则是：今天的我，就是你正在极度渴求的；而我，对你也有着同样的欲望。

1. YSL，全名为圣罗兰 (Saint Laurent)，由设计师伊夫·圣罗兰先生 (Yves Saint Laurent) 创立。它用巴黎左岸创新、时尚的独特风情开创了色彩缤纷、浪漫高雅的时装时代。同时，该品牌又极具叛逆精神。有人认为伊夫·圣罗兰的去世标志着西方时尚界“黄金时代”的终结——从此再无充满色彩和原创性的霓裳传奇，而只剩下奢侈品工业的喧哗轰鸣。

2. Comme des Garçons，由日本设计师川久保玲在 1973 年创立，“Comme des Garçons”法文意为“像个男孩”。独创一格的前卫形象，融合着东西方的概念，是川久保玲被誉为“另类设计师”的原因。

错过的首饰

最早看三毛的那本《我的宝贝》是十几年前的事，前一阵发现它又被十月文艺出版社再版了，还多了很多珍贵的图片。那些成串的、有着各种故事的珠饰，让三毛和她的传奇变得更加立体起来。忍不住猜测，现在这些宝贝会在何处？

我是平时几乎不戴首饰的人，但是喜欢买，故事倒谈不上，只是不忍错过。

第一张图片上的银色项链，是在杨梅竹斜街上偶然遇到的。那是一家集合了全球新锐设计师的首饰买手店，大多风格突出、造型夸张，每一套都整齐地排列在镶有玻璃木框的大抽屉柜里。只有这组首饰，色调淡淡的，显得格外温柔。于是我请店主把项链拿出来细细地看，白色珐琅片上，原来是用铅笔绘制的十字架花纹，釉层也烧得很薄，所以没有闪闪发光的光泽，反而和铅笔朴素淡雅的质感配合得刚好。另外，同一系列还有手绘的蜂鸟胸针，野姜花戒指。因为急着赴约见朋友，想着稍后可以带她过来问问意见，再决定买哪件。可等到再返回时，就被告知已经整套售出了。后来不甘心地又去过那家店几次，可惜再没有碰到过这么温婉的项链了。

遇到第二张图片上的心型胸针是在一个创意市集上。其实一开始我并没有注意到它，而是被它周围色彩艳丽的飞鸟耳环吸引，随手就拍了几张图片。后来，回看照片的时候，不知道为什么会有一种被它击中的感觉。论尺寸的话，它对我来说太大了，几乎是真实心脏的尺寸。而且它的造型有一种执拗感，左右不对称，边缘几乎都称不上顺滑。就连上色的斑点也是很随性地分布，

说不上是一种棕红还是金棕的色调。但正因为它奇特的样子，隐隐有莫名的生命力，身边华丽的飞鸟反而成了它的陪衬。想要返回去和摊主买下她，对方说，只有这枚心型胸针是用来参加意大利的首饰展的，不做出售。那种动人让我久久不能忘怀，想必设计师当时在尺寸和质地上都考虑了很多，才能有这样特别的视觉效果。

现在也还时常翻翻这两张照片，终究还是错过了，不知道现在的它们成了谁的宝贝。

单车通勤

我是在认识知知和她的单车买手店之后，才对“单车”重新认识起来的。在这之前的印象，恐怕和大多数人一样，还停留在青春期阶段：17岁少年，白衬衫被风鼓起的下摆，自行车后座上的隔壁班女孩，车筐里的帆布双肩包……

但是在知知眼里，单车对她而言就是自由。

大学毕业后，她开始在《Timeout》工作，转眼就是7年。长期从事某一职业产生的疲惫期，成为她重拾单车的契机。那时候，她每年都会去欧洲两次，发现欧洲很多城市的老城就像北京的胡同，不适合汽车驶入，欧洲城市的做法是用自行车代替汽车通勤。骑车的人都很chic，对车的选择也讲究多多，甚至还有专为此衍生出的街头摄影等项目，都是一群在意生活美感的人。于是，她在北京的胡同里开了一家单车买手店。

她说，上班的地点最好离居住地只有5-6公里，没事可以在家附近的花园跑跑步，骑车去上班，下班骑车去吃饭或者参加party。把生活节奏放慢下来，用眼睛和呼吸去感受一些你在开车时完全不会注意到的细节，其乐无穷。

因为通勤的需要，我选的这辆更小巧，可以方便进出写字楼的电梯，并且有助力功能。纯白的车身和竹质挡泥板配色清新，穿什么衣服来衬都有一种清风拂面的感觉。

披着四季万物的颜色和味道骑行，和烦恼交织着、和倦怠交织着、和日复一日的喜悦交织着，这个时候，我才最爱北京。

OPEN
TSINOVA

到博物馆去买买买

就我个人体验来说，逛博物馆的时候自然要享受其中。但是在这之后，在博物馆的商店里买买买才是嗨值的巅峰。把凝固在很久以前的时光收入囊中，大体就是这样的妙不可言。

通常，优秀的博物馆一般都会有非常了不起的官方商店，除了常见的明信片和画册以外，越来越多的博物馆开始推出具有设计感的周边产品，甚至与设计师跨界合作，或者做某一巡展期间的专属定制品。

与博物馆本身的庄严、浩瀚相比，这样的商品可要亲近、有趣得多，是可以轻松带回家的艺术品。

比如伦敦的 Victoria & Albert Museum[1]，馆内的藏品跨越了 2000 年的历史，几乎涵盖了世界各地的艺术收藏种类。从陶瓷、服装、银器、珠宝，到家具、雕塑、绘画和摄影作品，从欧洲、北美到亚洲、北非，它在广袤无垠的时间沙海里，一直在静静地等着你。从近些年开始，V&A 博物馆变得更加多元起来，开始把眼光投向时尚设计和当代艺术。如举办 Vivian Westwood 的全球巡展、David Bowie 个人展、太空时代的流行文化展等等。它甚至还和某鞋履品牌推出过合作款，国内商场就有的卖。不过千元出头，复古优雅的方跟、黑白拼色，设计灵感很可能来自千年以前。另外，博物馆内的商店还在售卖早期好莱坞偶像风格的设计师珠宝、中世纪主题的餐具、古旧的圣诞贺卡。总之，无论你是什么风格、什么口味，在这儿都能刷卡刷到心满意足。

前一阵在 Victoria & Albert Museum 的中国线上商店看到了一组（没错，还有中国线上商店）装饰画，大多是十七、十八世纪水彩画的复刻精品。郁金香和仙人掌的构图典雅宁静又有张力，橄榄、柠檬和石榴的织物壁纸每一根线条都筋骨清丽。以上这些，最贵不过六、七百块人民币，买来送朋友或者自己留着欣赏都是难得的生活良药。

1. Victoria & Albert Museum，成立于 1852 年的维多利亚，即通常所说的 V & A 博物馆，是世界上最重要的艺术设计史博物馆之一，其历史可以追溯到 1837 年。是英国仅次于大英博物馆的第二大馆，但藏品数量居世界首位。藏品总数约三百万件，几乎囊括所有艺术品形。

歌单日记

不得不说，我对音乐的品味养成全部来自于年长的男友。以至于在“本该”听着流行歌曲的年纪，听到了大量不合乎年代感的古典、优雅、内敛、深情、纯粹、沉重等等质感的音乐。

因为你得承认，不论你在这方面有多少言语优势，音乐确实是很私人的东西，没有高级低等之分。如果它是作为感官方面的体验，这体验就得允许存在千万种差异。毕竟每个人的境遇都会不同，每一分一秒的心情也会不同，“触角”能够延展的广度也完全不同。像我这类摩羯座星球的人，对音乐的感受就是绝对不能被拿来讨论的，只能默默沦陷，或者享受其中。如果付之于语言，恐怕多少会显得局限吧？你能说得清一件裙子上蕾丝花朵的蜿蜒曲折，却无法准确描述一段音符在你心里敲打时的回震。

我有一个并不那么热衷于在现实世界中社交的“朋友”，每天早晨，他都会在某软件的个人状态上分享一首歌。不附带任何文字形式的情感信息，年代准确，态度清晰，像是一本歌单日记。于是，我去听他在听的，想他所想的。偶尔也会猜想他当天的心情，起床的时间，昨晚是否晚睡，是否遇到了什么人……。在那一

刻，我们彼此都把心事融入旋律当中。这样有点距离地“阅读”对方，是蛮 old school 的，是不那么流行的。

我也曾在醉酒的时候，在某一秒，在听到一段音乐的时候想给他打个电话，但是想来想去，还是听歌好了。听歌，就好了。

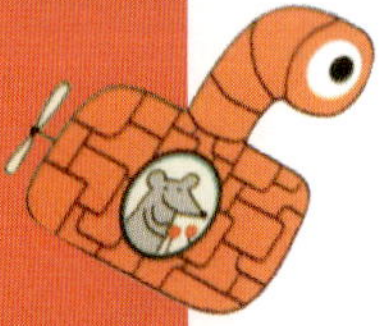

购得一点成人梦

在你小的时候，你曾期望收到什么样的礼物？反正对我来说，从来不爱什么玩具拼图、毛绒公仔之类的。倒是在偷偷穿妈妈的高跟鞋，和小伙伴把口红、眼影之类的涂得满脸的时候，那种带一点点禁忌的快乐最让人印象深刻。所以，在我成年后，每次有需要送小朋友礼物的场合，我都尽量避免“长辈”心态，而是想作为一个大朋友——我知道你想要什么，别害羞，我也曾是一样的——送出祝福。

比如，对小孩儿来说，涂指甲油和纹身是最让大人抗拒的，但我偏偏想教他们干点坏事。

买过两套法国产的儿童指甲油套装送人，和成人缤纷的彩妆世界一样，也会根据颜色不同有不同的主题，首先在姿态上就绝不含糊。“Party 派对”主题是有亮片的，闪闪的跃动感；而“ Jungle 雨林”则是饱和度更贴近自然的色调，哑光质地多了一点点亚热带的神秘感。以上所有，都是非常温和的成分。极易涂抹，均匀快干，玩腻了只需用温水就能轻松卸除。产品的包装也非常特殊，

是由巴黎儿童设计工作室 OMY 设计的趣味插画，可供小朋友做填色游戏。不同颜色指甲油的外包装图案都不一样，很适合开始对颜色、性别有意识的小人儿，还能和妈妈一起臭美。胖胖的小手认真涂满颜色的样子，真美好。

还有一种儿童纹身贴纸，有各种怪兽、派对、首饰的图案。同样也是温和的植物颜料，不会刺激皮肤，却格外的有视觉趣味。搭配小朋友的宝石蓝、蜜桃粉的比基尼去海滩玩儿，最恰当不过。

不知道是不是巧合，很多这类“扮大人”的装备都出自法国品牌。在法国电影中，也最容易见到小姑娘戴耳环，涂口红。通常是六、七岁的样子，却打扮得格外一本正经。**孩子们不觉得在“美”这件事上，要和大人有什么区别。**

和恐龙赛跑的
高跟鞋

我是在跑步的时候想到这件事的：最近需要买一双高跟鞋了。

首先，它一定要是尖头款式。圆头或鱼嘴的高跟鞋，对我来说都属于异类。其次，它要有性感的侧面镂空，这样脚背弯曲的弧度才能展现出来，最好是一寸都不多余的弯得恰到好处。紧接着，它的颜色和质地不能太亮眼。全身非黑即白，然后搭配可以引人注目的高跟鞋，这种搭配方式太过直白了，是初级选手才会倾心的。而麂皮或者羊绒皮的低调温柔，才是我所中意的。最后，当然，也是最最重要的，我希望它足够舒适。跟不要太高，7-8cm 能很好地拉伸比例，又让小腿的弧度看起来非常微妙。

于是，就有了图片上这双 Sam Edelman[1]。确实很久没买过高跟鞋了，更不要说穿它外出，但 Sam Edelman 的优雅简约瞬间击中了我。加分项是脚踝处的绑带，并不是那种随处可见的细细的带子。宽绑带看起来更加复古，可以和小腿很好地贴合，展现出另外一种柔美的力量感。鞋头的面积恰好可以微微露出一点指缝，这是可遇不可求的挑剔。

Sam Edelman 一直是好莱坞明星热衷的牌子，还曾因在电影《侏罗纪世界》里女主角全程穿着它而名声大噪。一双跑起来能逃过霸王龙追击的高跟鞋，听起来是不是还挺狂野的？当高跟鞋不仅仅是美丽而已，生命中确实还有无限可能。

没机会和真实的恐龙赛跑，跑得过渣男也好。

1. Sam Edelman, 2004 年 Sam Edelman 和妻子 Libby Edelman 创办的品牌。其鞋履设计在推崇“不凡、无畏、时尚、新贵”的同时，以丰富的时尚元素及极具辨识度的外观受到众多好莱坞明星的追捧和喜爱。

护发是很重要的事情

NUXE
Huile Prodigieuse
HUILE SÈCHE MULTI-FONCTIONS
VISAGE, CORPS, CHEVEUX
Aux 6 huiles végétales précieuses
Nourrit, répare, adoucit
MULTI-PURPOSE DRY OIL
FACE, BODY, HAIR
With 6 precious botanical oils
Nourishes, repairs, softens

不论是被身边朋友问起，还是接受采访，如果问最欣赏哪类外形的姑娘，我首先一定会回答：长直发或扎马尾，发丝清爽，然后才是对五官和衣着的偏好。

头发在整体搭配中起着非常重要的作用，如果要我来打分，它至少会占到四成以上的比重。但大部分人对这件事都呈现出一种不甚恰当的趋势：太热衷于追逐热播剧女主的发型，对发色的选择又很混乱，甚至是毫无色感，盲目选择洗发护发的产品，然后，再用不恰当的造型方式去伤害它……

我的头发倒是从未烫染过，起初是因为不喜欢美发沙龙闲聊又无所事事的气氛，后来逐渐变成了自己的坚持。现在终于找到了非常棒的发型师朋友，每月去一次，修剪发尾的分叉，保持和身高比例适宜的长度。她能通过头发和头皮的健康程度，看出我最近是否经常熬夜，或者饮食不健康。除了对护发的建议，再没有多余的客套，这样真是难得极了。

在护发产品上，我始终都倾向于成分天然的东西。味道不要太刻意，要给平日的香水留有余地，淡淡的就很好。洗后自然吹干，用细齿梳细细梳过，再在发尾涂上发油。平日我随身还会带一把负离子梳，它可以让头发垂顺柔亮，免除静电的尴尬。

这样的状态，哪怕是素颜简服出门，都会多一分清爽的自信，悸动地等着被什么人拥入怀中。

被倾听的咖啡馆

如果你仔细留意，每个咖啡馆其实都有它自己的性格。哪怕是连锁品牌，不同的店面也会给人不同的感觉。

有的店灯光昏暗，美式工业风格的装饰，深色的木椅还要搭配挺拔坚硬的绿色植物。一旦落座，店员就会悄无声息地送上 menu，而收银员敲打收银机叮叮咚咚的声音都被隐藏了起来。这样的店里，从咖啡到甜品大多都有种老派的执拗，但也醇厚。

有的店则是走清新路线，大幅透明落地窗，一眼就能看见一排排码得整齐的咖啡杯。视线越过咖啡机，甚至还能看见洁净闪光的流理台面。年轻的女孩喜欢在这种店里约会，和刚刚下课的男友就连合照拍出来都是自带柔光效果的。

如果不是约了人、被指定了地点，我倒是愿意带着笔记本去不同风格的咖啡馆坐坐。假模假式地戴着耳机，其实什么音乐都没有听，倾听咖啡馆显然更有趣：

男男女女的小心事，像是八点档肥皂剧，听着就忍不住猜测，如果真的是在剧中，对方到底是什么“人设”。低头看书的少女，手指纤细修长，嘴角还沾着一点可爱的奶油泡沫；有学生会时不时用圆珠笔敲几下桌面，感觉是一种仪式化的“赞”；互相打趣的店员，趁工作间隙偷偷拿出手

机，不知道是给什么人发消息，手机屏幕的亮光却把嘴角的微笑映得亮亮的……

咖啡师拿起手冲壶的时候，热水缓缓注入的声音,氤氲的热气暗暗撩动着什么。于是，柑橘、莓果、蜜桃的甜与微酸接踵而来，牙齿轻触杯沿，入口之后还有淡淡的肉桂清香。

Starbucks 的员工黑围裙上，每件背后都写着一句“The Last ten feet are in our hands”。因为这些咖啡均是在阳光的照耀下成长了 9 个月，花费 56 个小时将咖啡豆耙匀，使其均匀干燥，再经过转运，由专业的烘焙团队对其进行烘焙，并多次杯测鉴定……最终，至少有 34 双手来用心照料过这杯中的每一颗咖啡豆。它们可是曾经穿过了整个儿太平洋的。

而 Ten feet 的距离，被倾听的我们，总是后知后觉。

化妆水
eau
précieuse
lotion
par application cutanée
Spécialiste
DE LA
PURETÉ
DE LA PEAU

虽然我试图在护肤这件事上维持一个勤奋努力的形象，但如果你来问我，我也会悄悄地告诉你，在护肤方面我也有很多让人焦虑的小迷思：

洗面奶在脸上停留的时间如此之短，除了清洁不紧绷以外，它真的适合被加以那么多功能吗？眼周的皮肤确实脆弱，也确实需要被耐心对待。但是在旷日持久的时光流逝中，如何在看不出太多变化的眼部皮肤上持续保持耐心，用复杂的手法，去涂抹自己都说不明作用的眼霜、眼部精华，更甚还有精华肌底液？还有化妆水，如果某地产的泉水和某种特殊味道的酵母能达到神奇的护肤效果，那为什么没人把它们用来开发其他更有存在感的产品？

如此，如果只是讨论化妆水本身，我会更看中产品本身所传达给我的东西，而不是广告中某个热门女星唯美却不知所云的侧脸。

比如法国药妆品牌的 Eau Précieuse[1] 珍贵水，最初打动我只是因为，在长达一个多世纪的时间里，它都未曾更改过自己的配方。也就是凭着这个简单又经典的配方，它在欧洲畅销至今，价格却便宜到超乎你想像。用它浸湿化妆棉做二次清洁，对闭口和成人的油脂性痘痘有神奇的功效，几周下来肤感通透又清爽。试用之后，我兴奋地把它推荐给身边很多朋友，几乎人人都赞不绝口。

所以，你看，近百年没有改变的配方确实有它的道理——简单，直接，指向性明确，我会认为这是另外一种古典式的优雅。如果你要的就是 A，它就会微笑着给你一个恰到好处的 A，而不会让你在 BCDE、甚至 1234 中焦头烂额，多么贴心。

1. Eau Précieuse，1890 年由药剂师 Monsieur Depensier 创立，主要功能在于治疗、预防多余的油脂分泌，因此避免产生青春痘或造成油性肌肤的问题。salicylic（水杨酸）和 boric acids（硼酸）能立即清洁和消除肌肤上的污垢。2004 年，该品牌被 Omega Pharma 法国制药实验室收购。

环保袋

如果真要说起来，帆布袋其实是很常见的东西。

只要你细心留意，你就可以在各种服装店的角落、书店、咖啡店，甚至是日式杂货店里看到它的身影。于是，你自然会觉得环保袋没什么稀奇。路过一些，错过一些，就一定还会再遇到一些。但事实上，除了某些品牌会常年复制自己热卖的环保袋以外，比如一些快时尚品牌，我至今还未曾在不同的地方，遇到过一模一样的环保袋。这就是它和奢侈品手袋最大的不同，个性化、不重复。

不知道是不是因为喜爱环保袋的设计师都天马行空，每年有太多主题想要表达？还是因为它在形状上很难有太多突破，所以选择小批量生产一些特别的图案，以求更快更多？总之，就我来说，确实是没有看见过重复的环保袋。而它更多的时候是让我惊讶：不是作为某某品牌周年限量的附属赠品吗？细节设计几乎要靓过主角啦！于是，你看，这才是我觉得时装的乐趣所在。

相比随便走走就能撞到四五支一模一样的“杀手包”或者“贵妃包”，各色各样的环保袋反而辨识度更强，它会帮助你敏锐地识别到时尚荷尔蒙相同的伙伴，或者是在内心深处对谁谁翻一个白眼——“这不就是一个布袋子吗？”“拜托，它赞过你脚上的那双红底高跟鞋啦！”

图片这个是我从一个日本朋友那讨来的，小牌子，LOGO 隐秘地藏在几乎要用放大镜才能看清的位置。每年只根据主题做很少的数量，去年是“海洋”，今年这个似乎是“热带”。因为是天然有机棉质地，手感十分柔和。又，没有经过额外的染色处理，所以才呈现出淡淡的乳白色，和一般袋子那种崭新发亮的白有很大不同。包袋的两侧大泼大洒地描绘着菠萝、蕉叶、洋蓟、石榴、罗勒、木瓜等等，丰富的图案搭配着单色涂鸦线条，可以很好地平衡跳跃感，不至于太抢服装的风头。

而且，穿黑色西装阔腿裤和衬衫时搭它最有趣，仿佛有种一本正经的市井烟火气：今天别太严肃，拜托了。

回床早餐

有多少人会认识到“性欲”在自己生活中的重要性？亦或认识到了，但很难次次都达到完美目标？不过，起码趋于完美是需要持续努力的方向吧。从心理上的蠢蠢欲动开始，到第二天清晨闻着阳光暖洋洋的味道一起起床，这是我心目中理想的ending。

没错，ending要到第二天清晨。

此时，咖啡壶在炉子上嗞嗞作响，散发出力道醇厚、香气浓郁的芬芳，等待着被唤醒。挑选一颗熟到刚刚好的牛油果，用刀子对半切开。甚至无需再用额外的碗盘，直接就着牛油果的棕黑色硬壳，用勺子将果肉碾成果泥状。再取一只小小的雪平锅，融化厘米大小见方的黄油。然后，趁着黄油的热度把液体倒在牛油果泥上，香气瞬间就溢满整个儿厨房。再顺势撒上少许海盐、现磨黑胡椒，就是一份柔滑、鲜香的牛油果酱了。这时，你可以将吐司放入烤炉中，要烤到微微焦黄的硬度才好。这样把牛油果酱均匀地涂抹在吐司上，吐司也仍然会保持脆脆的口感。混合在口腔里，是介于奶油和水果之间的充满幸福的味道。配着咖啡一起，和眉目清朗的爱人四目相对，是完美到想要再来一发的早餐。

当然，你也有可能压根儿不希望有什么“第二天”。早餐这回事，自己一个人吃也可以有另外一种身心舒畅，不妨碍独自回床。

会呼吸的开司米

时髦的程度有多高，取决于你的开放程度有多大。比如夏日的麂皮流苏短背心，冬天的蕾丝裹裙，男装部的小码衬衫，甚至是奶奶衣橱里的 vintage 手袋……诸如此类，其乐无穷。

我在刚一进入 6 月的时候就买了这件开司米上衣，长度几乎是要盖过臀部的，但质地却格外轻薄，几乎感觉不到它在你身上的重量。落肩设计，袖口非常宽松，腰身也是我喜欢的直线型，从头到尾都是慵懒的姿态。特别之处在于两侧的开衩和绑带，增添了一点小小的妩媚，可以任意绑出不同的造型，或者是什么都不管，就那么松松的任它垂下来。

这件衣服的织法，既保留了开司米柔软的触感，但又不似冬装那么紧密，所以几乎是半透明的形态。羊绒特有的质感让它垂坠随性又不贴身，对于夏天来说，是一件可以呼吸的衣服。每一次吐纳起伏，都能感觉风从身体上轻轻拂过。冷调的灰蓝色也配得恰到好处，像是凌晨三四点后下过雨的天空。

近几年，媒体对 3.1 Phillip Liwm[1] 的焦点都在它的热卖手袋上。这个从男装起家的牌子，它在服装方面简约、闲散、暧昧不清的态度刚好对我的口味。这样的衣服，如果郑重其事地拿高跟鞋和教科书般的妆容去搭配，反而显得无聊。但如果你愿意，用对优衣库 T 恤的平实态度去看待它，你一定能在这其中获得更多愉快的领悟。

1. 3.1 Phillip Lim，是美籍华裔设计师林能平 (Phillip Lim) 于 2005 年创立的品牌，目前有女装、男装、童装三大系列，以剪裁利落、修身效果好著称。《Vogue》英国版曾经用“新的蔻依”（“the new Chloé”）来形容 3.1 Phillip Lim。设计师经常从街头文化中寻找灵感，在基本款中加入新颖细节，并且尽量避免繁琐的设计，将服装的实用性摆在非常重要的位置上，营造出美国女性的休闲美。

旧男友一般的牛仔裤

记得和大叔交往的那个时期，有次讨论起“长情”的话题，他问我身边有什么物品是用了超过5年以上的。拜托，对于才读大学一年级的我，5年什么的简直是太可怕了。恨不得每5个月衣柜、鞋柜就能全部换新一次好嘛！我反问他：“你呢？”他答：“太多太多，比如今天的这条 Giorgio Armani[1] 牛仔裤，应该不止5年。”

于是，“最终没在一起”就变得理所应当，节奏完全不同嘛。

现在的我，已经不知不觉地站到了“5年不变”的队伍。即使是作为快速消耗品的服装，也能从衣柜里找到很多使用超过5年的东西。

比如手袋，比如皮带，比如牛仔裤。

而且越来越笃定，牛仔裤这个东西基本只能分为 2 个类型：要么流行，要么好穿。流行嘛，即使小心翼翼也不能幸免，一季总要被击中那么几次。但是好穿就不同了，你很难从正在出售的当季商品里找到那条让你一见倾心、百分百满意的牛仔裤。不是料子不对，太软，太容易变形、褪色，就是版型不对，总有点儿说不出的别扭。

而衣柜里的旧牛仔裤，简直是像“定心丸”一般的存在。不知道穿什么的时候，它就在那里，用非常舒适的姿态在等着你。水洗、做旧的处理是那么完美，随着时间慢慢过去，甚至趋于更加完美的状态。腰线和破洞，就在它们该在的位置，这么多年过去，仍然还很合适。仿佛牛仔裤天生就该是这个样子，毫无流行规则可言。

时间这个东西是很奇怪的，你完全无法感知它将把你带到哪个方向，甚至是反方向也说不定。现在的我，很想和当时的大叔男友再交流一番：究竟什么牌子、什么质地、什么颜色的牛仔裤值得被放入“5 年不变”荣誉榜单，毕竟我也多少积攒了一点自己的心得。

1. Giorgio Armani，是世界知名奢侈品品牌，1975 年由时尚设计大师乔治 · 阿玛尼（Giorgio Armani）创立于意大利米兰，乔治 · 阿玛尼是在美国销量最大的欧洲设计师品牌，他以使用新型面料及优良制作而闻名。它的时装优雅含蓄，大方简洁，做工考究，集中代表了意大利时装的风格。“我的设计遵循三个黄金原则：一是去掉任何不必要的东西；二是注重舒适；三是最华丽的东西实际上是最简单的。”这是乔治·阿玛尼 (Giorgio Armani) 对自己非常精准的评价。

旧气味

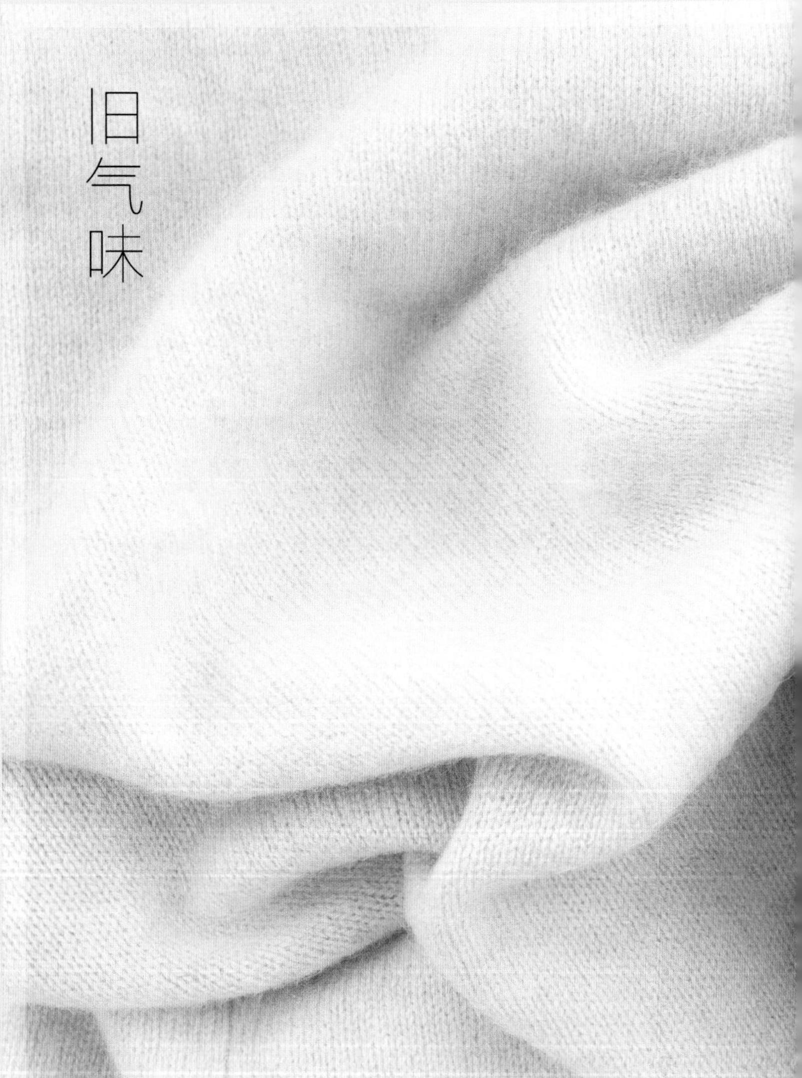

女友和男朋友和平分手，倒也没什么特别突出的矛盾，只是七年了，彼此越走越远。当伴侣有压力，索性还是做朋友来得贴心自然。

她说，最开始的那段日子，她得很努力地去回忆七年前自己单身的时候是什么样子的。而最让她难过的，并不是“已经分手”这件事，而是一件男士羊绒针织衫。那是男朋友穿旧的，又被她拿来做居家服穿。因为薄厚适宜，一年中竟有大半的时间都会穿着，空调房尤甚。男友比她足足大了两个尺码，所以她可以在这件针织衫下面套进任何：真丝细带背心、睡衣、睡裙，甚至是额外一件羊毛衫。宽松柔软的质感，能让她瞬间放松下来。而经过那么多日日月月，这件衣服也逐渐有了她的气味，是暖暖的玫瑰调，还有一点燕麦饼的松软。她说她也不清楚自己为什么如此喜欢这件衣服，连左手手肘内侧的虫蛀小洞都记得清清楚楚。分手后想再新买一件针织衫来穿，却簇新的让人无所适从。

这应该就是旧物的神秘魔力，有使用感，不完美，有属于某个人的气味，半新不旧。

现在，有越来越多的设计师店铺和杂货店正在逐步把日常旧物引入其中。不那么闪闪发光的餐盘，有日光痕迹的木质桌椅，纯天然染色、不会过分鲜艳的棉麻织物，在擦得干干净净的木地板上有懒懒的长毛大猫睡在一角。像是走入老友的客厅，怎么逛都会觉得舒服。

空气里隐秘流动着旧旧的气味，想念什么人都会觉得恰逢其时。

连衣裙的姿态

这件连衣裙的好，几乎是一目了然。

领口的曲线弯得恰到好处，可以微微露出锁骨。袖笼却开得很含蓄，从肩头到腋下贴合着身体，避免了副乳的尴尬。看似是H型直身剪裁，却在单侧腰线的位置向内折进去一点，这样一来，活泼的散摆也有了，还不会过于甜美。就连背后也有着不对称的水滴形镂空，一动一静中，最性感的蝴蝶骨就能显现出来。

它倒并不是什么大牌设计，但我一直喜欢它气质简单，廓形与众不同。穿起来可以舒展身体，不会随时担心哪里走光，甚至在进食前还需深吸一口气。

现在，走在热闹的街道上，尤其是大城市，很少能看到几个清风拂面的姑娘。因为大部分人开始在意穿搭这件事都是因为看到“别人”穿了什么，而最不幸的是，这个“别人”以明星和艺人居多。所以，模仿起来也偏隆重了。期望太高，落差太大，把日常生活走成红毯难道不会用力过猛？谁谁同款的水晶鞋、谁谁谁最爱的手袋，甚至是谁谁在某部剧中的口红色号……风格被逐渐标签化，每个人都美得似曾相识。

而平凡的我们，大多数时候的我们，其实仅需要一点点时髦就好。穿得让自己舒服，让人看得赏心悦目。有品质感的设计，说的就是一种让身心愉悦的妥帖。哪怕是作为一条普通的连衣裙，姿态也应如此。

另一种记录

虽然儿时的照片都是胶片冲洗的，但实际第一次注意到这种记录方式还是在大概六七年前。那是一次聚会，在居酒屋，吃到一半的时候，同桌的女孩从背包里拿出一个老式相机，对着吃完的那条烤青花拍了一张照片。那条鱼肉被吃得干干净净，只留下完整银色鱼骨的青花，也因为这样郑重其事的记录方式让我觉得格外印象深刻。

旅行的时候，我和先生始终都意见一致：不带单反相机。因为他是摄影师，单反更多的是用于工作，已经被赋予了太多专业的、严肃的意义。如果是要轻松出游，手机和胶片相机就足够用了，拍起照片来更有乐趣。而我天生随性，旅行目的地定下来，只需要确认机票和酒店就好，其他的完全是即兴地走走停停，根本不愿花太多心思在沉重的设备上。

胶片拍摄的好处在于机身轻便，操作起来也完全不难。但是因为选择的胶卷不同，感光度和色彩不同，呈现出的图像会千差万别，偶尔也会有一些意外的惊喜。那种颗粒层次分明，但又不失细腻表

ROLLEICORD
MADE IN GERMANY
SYNCHRO-COMPUR X

ROLLEICORD
FUJI
Professional
6×9

达的质感，那种冲洗之后拿到手的喜悦，是数码产品无法替代的。以及，慢慢地思考构图、有节制地按下快门、成像之后无法修改……都是我爱它的原因。

现在，在北京想要冲洗出画质稳妥的胶片还算容易，但拍胶片摄影的人群确实在逐渐减少，越来越多的人甘心趋向于更快速的生活节奏。

据说，目前在香港仅剩下一家胶片摄影馆了。坐落在九龙油麻地北海街 17 号二楼的“善美影室”，它朴素的蓝色招牌几乎要被周围的新潮店铺淹没。店里常年只有老板一人，和一台近乎古董一般的哈苏相机。老板林国盛说：“我只是在等待旧客归来。”

每日的

书写

、、、、、

、、、、、

、、、、、

虽然每天会在电脑前工作超过 10 个小时，但是，想来奇怪，竟然没有一天不在写字。我指的“写”，是扎实地、一笔一划地用笔写在纸张上的书写。

通常都是很随意的小事情，却需要立刻被记录下来。比如突然想到的一个品牌，恰好可以放进准备了很久，但没有闪光部分的提案里；只有几个关键词的文稿提纲，却可以凭着这几个关键词洋洋洒洒写上好几千字；酝酿了很久，近期需要迫切执行的事情；周末的计划安排；要约见的朋友；剧本中男主角唤女主角时，不值一提但只有他俩才能相对一笑的那个昵称……

我对写在什么地方倒是不太在乎，哪怕是外卖午饭随单赠送的餐巾纸。只要是那一刻可以让我立刻写下来，迫切的心情就可以得到满足。所以经常会在某个上季的手袋里翻出写满字的纸张，除了那些细碎凌乱的手写字，偶尔还会在纸的背面找到咖啡馆 logo、发布会邀请函等等。所有的这一切堆积起来，遥想当时的情形和心境，需要仔细辨认，好似辨认发福 20 斤的前男友，百感在心头。

但是，用什么来写是我格外在乎的：一定要黑色水笔，墨水流畅，字迹不要太纤细。笔身配重均匀，书写时呈自然倾斜的角度，这样即使长时间使用也不会感觉疲劳。当然，因为需要经常拿在手边，设计简练也是关键……综合这些条件，筛选一轮下来，几乎只有日本和德国的品牌才能做到。

有段时间，开会或约朋友喝东西喜欢约在老燕莎附近的某家咖啡馆。环境实在有点局促，内饰设计也像回到九十年代初，更不要提咖啡馆本身那种老旧又矜持的气质。但谁能想到燕莎楼上就是藏宝阁一般的文具部，虽然总是相当冷清，但采购的眼光却极讲究，每次都能让我有意外惊喜。

于是，穿越半个城市来买几只黑色水笔，就算是对得起文字与我的情谊了。

棉布长衫

被健康饮食群体所抗拒的速食如“麦当劳”，意外的却是很多老一辈海归学者的最爱。也不难理解，因为食物终究承载记忆。比如赵萝蕤（著名翻译家、比较文学家）女士，80岁的生日就是在麦当劳度过的，一客汉堡、一分“偷欢”似的冰淇淋。在麦当劳窄窄的白色桌子旁，扬之水问赵萝蕤年轻的时候为什么选择了陈梦家？要知道在那个一九四几年的时代，她的外号叫林黛玉，曾经还是钱钟书先生的绯闻女友，有众多追求者，但她却追求了陈梦家。“为什么？是不是喜欢他（陈梦家）的诗？”“不不不，我最讨厌他的诗。”“那为了什么呢？”赵萝蕤笑着答：“因为他长得漂亮。”

这个“漂亮”和喜爱麦当劳如出一辙，简单、快乐、容易满足。但偏偏喜欢追求“不漂亮”的人也并不是少数。

和女友去看现代舞表演，捷克来的舞团，本以为应该是金发碧眼、身材纤瘦的妙龄女郎，谁知现实总是在意料之外。整场表演都没有什么华丽布景，灯光也格外昏暗。只有一个舞者，短发、素颜、赤足在地板上做着一些身体动作。她穿一件黑褐色洗到发白的棉布长衫，长至膝盖，领口微开，可以看到优美的锁骨。但身材委实不算漂亮，甚至都称不上匀称，看起来只是普通40岁左右妇人的身材罢了。可随着音乐逐渐加快节奏，鸟鸣声、潺潺的溪水声、打碎玻璃的声音、推开木质窗户的碰撞声……她的动作也逐渐加快，瞬间的爆发力让人震撼。当她舞动到我身边的时候，我能清楚地看到她的汗水顺着后颈往下流，浸透上衣的领口。那种软绵绵且并不突出身体曲线的面料，此时才变得格外性感。

舞蹈结束后的好几天我都对她念念不忘，这样混合着力量与美感的人，她不表演的时候是否会是另外一番装束？但想来想去都觉得，还是棉布长衫最妥帖。

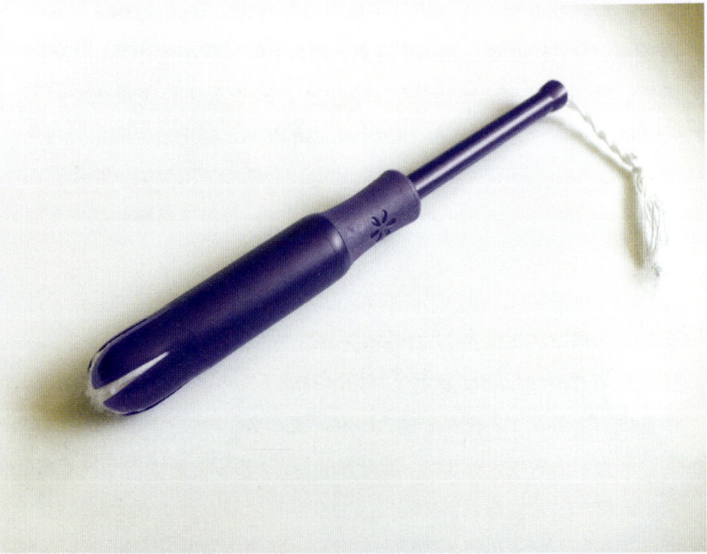

棉条的自由

没错，服装、配饰、包包这些物品很大程度上都能带给你愉悦的体验。同时，你希望别人如何看待你，希望自己表达出哪种性格和气质，它们的作用也都至关重要。但是，内心深处的你，用什么样的方式和自己相处，很多时候由你的生活用品来体现。

是否足够了解自己的身体？是否真的让自己的身体舒适愉悦？棉条对姑娘们来说确实是一个挑战。

导管式棉条早在二十世纪六十年代左右就在美国普及了，当然，当时也是经过了铺天盖地的启蒙式广告教育。但是对于大多数亚洲姑娘来说，不敢尝试的原因只是由于不够了解，所以才会有点害怕吧？实际上导管式棉条完全有助于你解放自己的身体。比如夏季，轻薄衣物包裹下隐隐透出卫生巾轮廓，这种尴尬可以被解决；长夜漫漫，怎么翻身睡觉都没问题；至于游泳、泡温泉这些活动，姨妈期间完全无障碍啊。

超市里的强生 o.b. 棉条说明书内曾经写着一句非常“贴心”的提示：如果您无法顺利使用，可以向配偶或男朋友寻求帮助。我倒是认为，在这件事上男友只会使你获得更糟糕的体验，他们怎么会比你自己的手指更温柔？日本品牌就相对要“懂事”很多，Unicharm[1] 就在包装上非常自信地写到：“它使用简单，泡温泉也没问题。”整体设计都是粉粉嫩嫩的色彩，还内附彩色图解说明书，包括身体的构造、使用方法等等，不但不会让人觉得不舒服，还会有一种“用这个整个人也会可爱起来”的感觉。

也许，一旦体验过导管式棉条带来的自由和舒适，你会惊喜地发现，原来自己还有更多勇气去尝试其他新鲜事物呢。

1. Unicharm，尤妮佳集团（Unicharm Group）是日本著名日用品品牌，于 1961 年成立，其产品包含女性护理用品、日用品、婴幼儿用品等等。

沐浴的工具

经常出差或住酒店，我会像一般人一样带足旅行护理套装：卸妆、洁面、护肤、沐浴露、洗发水，甚至是负离子吹风机。但我还会带一件也许大家都不会带的东西——沐浴棉，否则总是很难有洗到身心舒畅的感觉。在我看来，沐浴并不是双手涂涂抹抹五分钟就可以搞定的事情。

所谓沐浴棉其实就是天然海绵，市面上卖的大多是希腊产的，当然这也确实是沐浴棉的最佳产地。形状多是不规则的，淡黄色小小一朵，可以用来洗脸或洗澡，会有不同的等级差异。

其实古罗马人早就发现了天然海绵的好处，但是至今也没有特别普及。倒是在欧洲，医生会推荐用它来给新生婴儿洗澡，也是因为它触感柔软、材质天然。用它沐浴是完全焕然一新的清洁感，细腻地抚摸自己，感受每一寸皮肤都被精心呵护起来。

如果时间允许，在家洗澡的时候我还会用 Acca Kappa[1] 的沐浴刷擦背。天然榉木的手柄，柔软有弹性的豚毛（猪鬃）刷头。泡过热水之后，用它把皮肤刷得微微泛红，可以轻松卸除疲惫，促进角质代谢。据说 Acca Kappa 在意大利已经有一百三十多年的历史，仍然坚持手工制作 SPA 相关产品，足见沐浴是值得被郑重对待的事情。

通常我们会花大价钱在浴室的装修，防滑地砖，曲线典雅的浴缸，甚至可以通过手机 APP 控制的音乐花洒上。也会花心思在沐浴产品上：洗发水、沐浴露、起泡剂是否让人放心，香味是否足够特别等等。却很容易忽视那个用来沐浴的工具，是否妥帖好用。

但你要知道，身体的感觉是不会骗人的，对物和对“他”都是如此。

1. Acca Kappa 于 1869 年创立于意大利，其母公司为 Hermann Krull St，是意大利 SPA 系列产品的领导品牌，一直坚持使用传统手工方式制造出 SPA 系列产品，包括蜡烛、精油以及香氛系列产品。对Acca Kappa 而言，旗下所有的产品都必须符合他们的三大理念：简单的设计、高品质管理的制造、纯天然素材。

内衣

理想中的“好设计”应该是弱化设计本身的，不那么用力，也不张扬，更不会脱离“使用感”成为徒有其表的什么东西。让使用它的人每一分每一秒都不自觉地微笑，从这方面来考虑，内衣应该被赋予更高的标准。

因为成衣会说谎，帮你隐藏又帮你伪装。但内衣不会，它是更贴近你身体的东西。

在选择内衣方面，我只关心两个问题：其一，不需要露出的时候，它的材质和款式会不会让我很舒服；其二，需要露出的时候，它是不是拥有最恰当得体的表现方式。胸型自然，适度承托，这些都是好内衣应该传达出来的信息，而是否有深刻的“事业线”，那是不必勉强的。

也许是受老电影的影响，我经常会倾心于法国和意大利的内衣设计。手工蕾丝、真丝或纯棉罩杯，薄薄的一层，线条和曲线就能一目了然。每一圈蕾丝的弧度和花纹都略有不同，这些不同，是在制作过程中自然形成的，依着手心的温度在穿着的时候泛起涟漪。

同时，因为并没有很强烈的束缚感，所以它能和身体很好地融合，以最温柔的姿势。有时候，它也能成为整体造型中不可或缺的一部分。一点点隐约若现的轮廓，背后交叉的纤细线条，这样就刚刚好,露得格外有味道。也正因为真丝、纯棉无弹性的特性，决定了它可以在脱下的瞬间透出轻松洒脱。只需要轻轻撩拨就能露出美好的肉体，反而更具诱惑。

当然，这样的内衣，多数时候还是适合一对儿尺寸绝妙、姿态骄傲的小胸。

偶尔零食

我是很少吃零食的人。因为零食大多偏甜，或者是高淀粉、高热量的东西，从口感和健康角度来说都不够让人满意。其次是吃零食的姿态，那些带壳的坚果、小包装的糖、容易掉屑的薯片，都细细碎碎的，需要腾出双手，专心致志地吃，是看综艺节目时的消遣。如果真有这份闲下来的时间，我倒宁愿对窗空坐喝上一杯。

但我会在工作室准备一些零食，用来应付加班或低血糖。

比如会定期买一家网店上应时令季节推出的一些有当地特色的小食。蜂蜜、蔬果干、糯米云片糕、花生糖等等，全部是手工私厨，产量很小，也受时令的限制。比如夏季我会买她家自己调配的红豆薏米粉，无糖。它健脾去湿，很适合长期熬夜又缺乏运动的人。包装都是非常朴素的罐子，没有杂七杂八的添加剂。温水冲开会有淡淡的谷物香气，用来代替咖啡或者其他高糖饮品，有轻微的饱腹感，还能解馋。有时也会买她家的黑芝麻糊，对皮肤和头发都很好。芝麻本身就带有清苦的味道，加上是石头小磨手工磨制，不会磨得特别细腻，也最大程度地保留了食物本身的风味。吃习惯了这些，再吃超市那种包装精美、售价不低的芝麻糊，反而觉得口感奇怪，有种假假的味道。

另外，我还喜欢买一些果干做零食，吃起来清爽，配茶也不错。最喜欢香港某家超市的干果区，它不像国内超市的干果，看起来就很灰暗，很难有食欲。而他们的干果集合了全世界最好的产区，还有很多平时不太常见的蔬果。我买过非常好吃的蔓越莓干，Q弹微酸，没有任何人工添加剂的味道。还买过土耳其产的杏干，口感很饱满，酸甜的比例也非常适当。这种杏干通常会装在透明的罐子里，罐口有拉环，一时吃不完还可以封起来，避免过度干燥。这是从食物本身到包装设计都能感受到的用心。

漂亮的药

儿时对“药”的认识，几乎完全来自于现代医学：有神秘感的宝塔糖、甜甜的感冒冲剂、冰凉的疫苗以及特别痛的青霉素吊瓶等等。而另外一种“药”，是跟哭闹、疼痛完全不沾边的。

那时最宝贝的玩具是一只红色软布面盒子，书本大小见方，暗红底浅金松竹梅图案的织锦缎盒面，盒侧有一对仿象牙插扣。打开盖子，内裱猩红色平绒，依次排列着八角形同色织锦缎小盒。再打开这个小盒子，才是蜜蜡封固、红色印章封口的丸药。当时虽然不懂什么“仪式感”“美感”“隆重”等词汇，但仍然觉得它非常漂亮，并且有一种沉稳舒缓的木质香气。在空着没有丸药的小盒里，我会放一些塑料珠子穿成的项链，闪闪亮亮，视若珍宝。

后来，祖父、祖母相继去世，我保留了他们的一些随身物品，比如钥匙、印章、用来装鸦片膏的珐琅盒。还是存放在这个红色的织锦缎盒子里，几次搬家也仍然带在身边。暗红的光泽逐渐褪去，多了一种莫名的郑重感。

直到有一天突然惊觉，这个药盒不就是盛放“安宫牛黄丸”的吗？去网上翻了同仁堂早年的资料，果然不错。现在的“安宫牛黄”似乎已经有了非常奢侈的金箔版，但即使就在二十多年前，也不是寻常人家可以必备的东西。而我竟然把它的包装盒子当作一个漂亮的玩具，保留至今。

也似乎是因为儿时的记忆，我一直都偏爱那些“老气横秋”的成药，无论是涂抹的膏、油，还是内服的丸、丹、汤剂，我都很喜欢。共同点是它们都非常漂亮，商标设计、盒子设计、药品说明书的排版，几乎就是完美的美术作品，比如虎标万金油、双飞人、念慈庵的咳嗽糖浆、和兴白花油。而中药店那种贴满了川芎、姜黄、石斛、生地、麝香、首乌、白前等名字的抽屉柜，也曾一度让我非常着迷。

如今，在巴黎随处可见的 Parapharmacie（药妆店）或日本的松本清[1]已经不再稀奇，甚至在瑞士的旅行手册上都会为你推荐药房产品。我们去药妆店里，不仅可以轻轻松松买到“漂亮的药”，还可以买到跟“漂亮”有关的，各种你想像不到的东西。

对美感的追求，只是换了一种更加轻快的方式罢了。

1. 创立于 1932 年的松本清药店（Matsukiyo）是日本最大的连锁药妆店，拥有超过 1000 家的实体店铺，是日本女性生活中不可或缺的一部分。产品涵盖各种医药品、健康食品、饮料、化妆品、日用品、卫生医疗用品等。

朴素的刷子

在德国刷具品牌Redecker[1]的店里闲逛，你会发现原来“打扫”也是一件可以很美，又闪烁着幽默感的事。

这是一个已经传承了三代，有八十多年历史的品牌，在德国几乎是家喻户晓的知名度。发展到现在，仍然坚持着手工制刷的传统。他们的刷具虽然样貌朴素，但分类细致到让人惊讶，任何需求都能找到对应的款式。

比如，有硬挺利落的马毛除尘刷，双头设计，大的一侧可以清洁一般的家具、窗户，小的一侧则可以很轻易地照顾到灯具或摆件的缝隙。马毛的吸附力极佳，用后抖落灰尘即可清洁，也不会扬尘。用这个扫过一遍，再用吸尘器清洁，连湿抹布都省了，完全是懒人的福音。或者是造型古典的羊毛除尘掸，长长的梨木手柄，手感扎实温润，清洁书籍、油画上的灰尘最佳。另外还有一款用天然橡胶做刷毛的刷子也让我印象深刻，可以完美替代 IKEA 那种纸质的黏性滚筒。哪怕是肉眼很难捕捉到的猫毛、狗毛，用这种橡胶刷都能抓取得很轻松，是根本停不下来的扫除乐趣。

我每天最常用的是图片上这只马毛洗碗刷，仍保留着德国旧时平常人家洗碗刷的经典造型。可以在短时间内打出非常细腻的泡沫，使用的重量也十分称手。配以木质稳定、未经化学处理的山榉木，随便挂在哪都是让人赏心悦目的清洁好物。

1. Redecker，德国刷具品牌，创立于 1935 年，是德国仅存的手工制作刷具的公司之一。有八十年历史的 Redecker 在保留了优良的手工制刷传统的同时，也注重环保与实用。其刷具皆取材自木材边角料。Redecker 继承了德国严谨的制作品质工艺，且不歇地研发创新，提供分工极为细致且细腻的优质刷具。高端衣物护理品牌 The Laundress 的刷子也是交由 Redecker 公司制造生产的。

轻妙的一夜渍

微博上我羡慕的人只有黄 xixi 一个，说妒忌也行。

比如她会说："早晨我一如既往地赖床，老胡在厨房给萝卜做早餐，萝卜穿着睡袋绕着我的床走来走去，嘴里一直在唱'拔卜卜，拔卜卜，哎呀呀，哎呀呀，爷爷呀，帮帮忙，拔卜卜……'单曲循环，像一只巨大的苍蝇。我女真是太可爱了，我在心里感叹道。然后忍着笑与瞌睡，爬起来，把她拎到客厅，回房关上门睡到了十点。舒坦。"

关注她很久，慢慢知道萝卜的角色是儿子，而老胡则是先生，另外经常出现在她文字里的还有：阿萝（孩子）、黄秋生（狗）、有田（她的咖啡馆）、普洱、思茅等等。如此，应该不过是一个平凡的、恋床又有少女式淘气的妈妈？不，才不。

xixi 的好最体现在夜晚。她会在凌晨发一盘满膏满黄、捆绑得周正标志的大闸蟹，说："因为秋风不能白起"。也会走在初冬的深夜小径里写到："天气凉下来后，'味道'变得清晰凛冽，如同一把把开刃磨好的刀，刀锋对人，整齐码好。能摸到风与桂花香、车的尾气，以及邻居家每一种食物的味道。"当然还有午夜十二点，认认真真记下吃一碗红烧肉的感官体验："把一块浓油赤酱的红烧肉塞到嘴里，肥肉"biu"～一下化了，肉皮抿一抿化了，瘦肉嚼一嚼也化了。碗里

埋伏着山楂。汤汁拌饭，每一粒米都是一个丰乳肥臀的女人。”然后，此时再调皮似地发一张红烧肉的方子，让你恨不能立刻从床上跳起来去敲菜市场阿姨的门。她评价自己是夜夜宵夜，内衣带子都勒到肉里。但是看她发的照片，那背影，那轻轻耸起的蝴蝶骨，还是妙曼的少女模样。爱吃到如此地步，内心中怎能没有鲜活又丰盛的对人间的爱？

跟着她做日式的“一夜渍”，于是也买了一只专门做“一夜渍”的雾石玻璃皿。拿在手上非常厚重，阳光下有光影折射的微弱光芒。低盐浅渍，最大限度地保留了食物的新鲜清脆。而重石盖子，又能让蔬菜完全浸在汁水中，释放鲜香。制作方法也简单至极：

将想要渍的蔬菜（秋葵、青笋、黄瓜、白萝卜、朝天椒等等都可以）洗净

沥干水分放入器皿

白醋、鱼露、糖适量，再加两片蒜

放入冰箱二十四小时之后即能食用

想起《长恨歌》里独居的王琦瑶，虽是一个人，也有一碟亲手做的小菜来佐粥。什么都不浪费的，爱和怨都细水长流。

清晨的仪式感

如今，手动剃须刀已经不再是主流了吧？

但不乏有像 Acqua di Parma[1]、Truefitt & Hill[2] 这类品牌还在坚持做着相关产品，几百年来，一直沿用相同的手工制作工艺、相同的理容理念，不失为是一种严肃的体面。

这把剃须刷选用顶级品质的獾毛，只取其颈部的灰色毛发，由意大利匠人纯手工制作，并将刷头直径精确控制在 24mm 以内，确保在使用时有着最舒适的触感。同时搭配珍贵的温格木手柄和黄铜支架，让日常的剃须变成一种星级享受。只需在洁面后，用刷子蘸取少量清水，以划圈的方式让剃须膏充分起泡，再均匀刷于面部就好。在这之后，无论用什么款式的剃刀，都能拥有顺畅、爽滑的剃须体验。

对于现代男生来说，没有买化妆品和高跟鞋的乐趣，那在清晨最重要的“剃须”上，选择稍显奢侈、质地考究的产品也就无可厚非了。何况，这样的一把刷子，如果护理得当，是可以用上数十年的良品。

说到这里不得不提到古龙水这种东西，最初并不是香水的同类产品，而是为了让男士在理容之后使用，使周身散发出清爽提神的味道。它的香精浓度非常低，也是因为欧洲人普遍认为男士身上的味道低调一些会显得更加高雅。所以，如果综合想像一个古典贵族清晨之后的一系列盥洗、穿衣（蕾丝花边长筒袜）之类的动作，你不得不承认，现代男士应该对自己的仪容标准再提高一些。

1. Acqua di Parma，诞生于 1916 年的意大利国宝级奢侈品品牌。“Acqua di Parma 帕尔玛之水”曾被媒体盛誉为“上流社会最严守的秘密”，隶属于 LVMH 集团，始終倡导意大利式的优雅生活方式。二十世纪三十年代以后，其经典产品“Colonia”古龙水成为意式优雅的重要标志。

2. Truefitt & Hill（特洛菲特），是来自英国的皇室品牌，也是目前世界吉尼斯纪录在册的全世界最早的理容店。直到今天，特洛菲特的理发师仍受邀前往白金汉宫或温莎城堡为爱丁堡公爵提供服务，在许多具有重大历史意义的场合，英国皇室男性成员的仪容均由特洛菲特的皇室御用理容师完成。特色理容服务包括理发（剪发、染发、烫发、头皮护理）、剃须（湿法剃须、胡须修剪）以及修甲等。同时，它还一直致力于开发专业的绅士理容产品。

让你闪闪发亮的卸妆膏

对于护肤这件事，我最最看中的是“清洁”。每晚临睡前认真地清洁面部，再层层涂抹上必需的保养品，就能一扫整日的疲劳感。虽然偶尔失眠，挣扎着自我催眠也失败，但也想在黑暗中枕着洁净感和芬芳。

也曾经试过还未用光整瓶，就换了又换的过程，最后尝试几番下来，还是膏状的卸妆霜深得我心。配合按摩的手法，可以让气色更加红润通透，而且携带起来也足够方便。

使用前要先用掌心的温度把膏体融化，再涂于面部，然后用卸妆霜附赠的十字纹棉布浸水后轻轻打圈擦拭。同时配合几次深呼吸，可以帮助将毛孔打开，达到深层清洁、去角质的目的。这个融化、按摩、擦拭、深呼吸的过程，像仪式一般，是一套完整又优雅的自我愉悦的过程，不单单是依靠产品背后配方表上的几个成分那么简单。丁香、埃及洋甘菊、尤加利精油在这过程中缓缓渗透，帮助肌肤获得舒缓平衡、柔润清透的质感，从而完成一次简单但又相当有质量的“清洁”。

在旅行中，我总是尽可能地把行李减到最轻，一点都不想有什么物欲沉迷，徒增拖累。所以 EVE LOM[1] 是出门的必备之选，小小一罐子就好，洗面奶和清洁面膜都省掉了，安心的植物成分也不会对肌肤造成太多负担。换个城市、换张床入睡，醒来又是闪闪发光的一天。

1. EVE LOM（伊芙兰），是由英国美容师 Eve lom 用自己的名字所创立的品牌。EVE LOM 独特的护肤品系列以其皇牌卸妆洁面霜为基础，这款产品更被时尚杂志誉为“世界上最好的洁面霜”。对 Eve 来说，涂于皮肤上的东西越少越好，她所推介的护肤系统简约有效，强调清洁及去角质，这就是 Eve Lom 的美肌之道。

房子装修完之后，开始陆陆续续整理衣柜和鞋柜，分批搬运进新的衣帽间。回看最近这些年的战利品，高跟鞋是买得最少的。每年只买几双经典、简单的款式，用来搭配比较正式的裙子。后来，直到今年，还一双都尚未入荷。倒是购鞋 list 上，人字拖已经列了好几双。

没错，买一双人字拖是我在夏天来临之前要做的第一件事，然后就心心念等着气温往上爬升，等着脚背被晒出“人”字型痕迹。

每次出门旅行，不论去哪，都会先塞一双 Havaianas[1] 人字拖在行李箱，其余的再慢慢做选择。牛仔裤的长度，棉麻质阔腿裤的颜色，衬衫的款式，要背的包，都依它而定。我也很爱东南亚地区当地的人字拖，颜色鲜艳，风格明显。买过一些当地人手工编织的，刚上脚的时候有点粗糙，但随着穿的时间越来越长，植物纤维融合了身体的触感，就会变得舒适异常。东南亚风格多喜欢缀很多饰物在鞋子上，彩色的钉珠排列成复杂的几何线条；还有短绒毛球，像一颗一颗饱含汁液的浆果。脚腕处的绑带末端再系两个黄铜小铃铛，心情也跟着轻快起来。

记得曾有一次去和客户开会，为了这个重要的提案，我已经焦头烂额地准备了好几天，助理们都被我折磨得人仰马翻。车停在地下停车场，原本该从后座提包里拿出早已准备好的高跟鞋换上。那一刻也不知道为什么，想想还是算了。于是，只拿着电脑和手袋，穿着人字拖径直走入电梯。

那一天的提案通过得比我预想的还要顺利，大概是因为桌下有一对自由又放松的脚丫吧。

1. Havaianas，巴西拖鞋品牌，产品采用本土天然橡胶与独特制鞋技术，使得人字拖柔软、轻盈、有弹性且耐穿。Havaianas 从 70 年代挟着嬉皮热由年轻人在南、北美洲海滩边攻占滩头。80 年代则顺着健康风席卷全球，由海滩转进街头。90 年代后期则因为生活方式的大势所趋，站稳街头时尚地位。不仅成为一般民众的最爱，更掳获欧洲皇室及名模的青睐。它代表着舒适又具原创性的时尚精神，曾经连续六年成为奥斯卡明星礼品篮中的礼物。

日常的花

曾经几度恋爱，我都没有被当众送花的经历。因为事先就会跟对方讲好，不喜欢惊喜，不喜欢形式感，摩羯座在这方面有很多古怪的原则。那种大捧的花束在人群中被迎面递过来，多少让人觉得尴尬。抱着这种湿漉漉、硕大的“装饰物”走在大街上，除了容易被侧目，我还会担心弄脏浅色的衬衫。

但是最近这几年，每次收到鲜花都是很愉悦的经历。

有几次是和女生朋友约出来吃饭，对方带小小的花束给我。样子很清新，甚至朴素，味道淡淡的。不是那种用力太过猛烈的“见面礼”，而是“今天心情不错，随手也分你一些”的轻松。朴素的包装纸，扎起来正好是单手适宜拿着的尺寸，随便放在哪都是不错的点缀。

也收到过合作伙伴通过网络预订的花束。花艺公司会事先打电话来，沟通好风格喜好、是否对哪种植物过敏、室内布置的样式等等。然后，每周固定时间送货上门。大多都是当季的花材，也没有太多浮夸的装饰，就是鲜花罢了，好在每次都不重样。拿到手后，分插在透明的长颈玻璃瓶中，是另外一种风景。

慢慢地，我也喜欢上了给自己买花。周末早晨的花卉市场，早早就人头攒动。新鲜的龙胆、波斯菊、风铃、茉莉，还有大把大把睡莲。再配一些曲线舒展的龙柳、细细的春兰叶就可以美得像画一样。有时也会带一两盆薄荷回来，摆在厨房的窗台上，绿得格外清爽，夏天做 mojito（一种添加薄荷的鸡尾酒）再好不过。

当然也有惋惜，惋惜在秋天路过的一棵硕硕的桂花，花朵一簇簇地聚集着，香

气四溢让人驻足，却不能摘下来插在花瓶里。不知道牡丹、玫瑰那类人朵娇艳的可人儿，是否也曾羡慕过这样小小的、但浓郁的朋友？

睡在亚麻的怀抱里

亚麻大概是被误会最多的面料：易皱、色彩暗淡、不亲肌，甚至摸起来还会有硬硬的感觉。实际上在欧洲，尤其是在法国，亚麻和水晶、银器一样，是身份和富裕程度的象征。就算是在现在，传统法国人家有姑娘出嫁的时候，陪嫁品里还必须要含有成套的亚麻桌巾、餐垫、枕套、浴巾等等。在欧洲的很多古董市场，人们能见到的那些缀着精美蕾丝花边，在角落里绣着花体法文字母的亚麻制品大多来源于此。

还未被织物化的亚麻，实际上是一种长得高高的野草一样的植物，在高处承受着阳光雨露，开着美丽的淡蓝色小花。长成大概能有 1.6 米左右，所以它的纤维很长。但是跟棉花的纤维完全不同，亚麻的纤维超级粗，晒干打散以后就像甘蔗渣和椰壳棕一样，要经过很多道梳理的工序才能出比较适合纺织

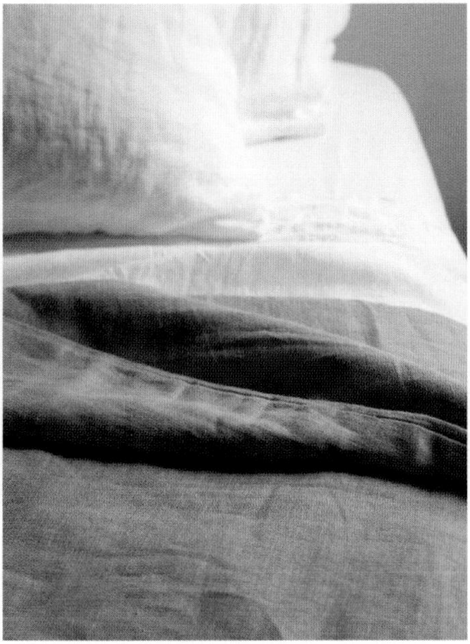

的细纤维。在这个过程中会损失非常多的原料。因此，亚麻之所以价格昂贵你大概也能猜出原因了：那些又轻薄、摸起来又顺滑的，自然是优品。

但我倒是觉得，作为面料来说并不好一概而论。也有故意追求布面风格而做得相当粗厚的，这样反而有一种返璞归真的感觉。

现在卧室这套床品也是全亚麻质地，大象灰的颜色，比较特殊的是它原本就是皱皱的。因为在每根纱线上添加了额外的扭力，才有这样慵懒的绉布触感。想像它曾经在那样高的地方沐浴过怎样丰沛的阳光，才能这样的有筋有骨。睡在这样的亚麻里，好像肌肤和床单之间有温柔的空气缓缓流动，即使在夜色中也能看见层层波浪。

随身的手帕

比起方便快捷、即用即丢的纸制品，手帕恐怕早已受到现代人的嫌弃了吧？

所以，看到美丽又暴躁的 Vivienne Westwood[1] 一直把手帕作为常青单品，起初确实让我有一点惊讶。但是细想之后又觉得不无道理：手帕的装饰性早就远远超越了其最基本的功能，甚至从十七世纪法国宫廷开始，就有金箔薄片、镶边等装饰元素纷纷运用在手帕上，一般是为了作为西装上衣的口袋巾来使用。而热衷于设计张扬的配饰的西太后，有太多太多关于印花的解构主义要表达，所以，每季的手帕图案从来都没有乏味过，甚至越来越精彩了。

我买 Vivienne Westwood 手帕当然也是被它的样子吸引：浓烈的撞色对比，近乎是涂鸦一般的随性笔触，品牌标志性的土星图案点缀其间，十分和谐。据说土星本身就代表着推翻和毁灭，但却又代表着人类对乌托邦世界的美好幻想。这样的手帕，拿来系在手袋上是很好的装饰，比丝巾更适合年轻女孩子，也少了真丝给人的局促感。夏末初秋的时候也很适合系在手腕或者颈间，是方便随身携带，又能创造出无限可能的饰品。

而老老实实使用手帕原始功能的人？认真讲我身边只有一个案例，就是我父亲。至今都是素白或藏蓝格子相间的纯棉手帕，从来都是干干净净、一尘不染。老派且固执的人，细节中也有温情。

1. Vivienne Westwood，是设计师维维安·韦斯特伍德 Vivienne Westwood 同名品牌。她从传统历史服装里取材，转化为现代风格的设计手法，不断将十七十八世纪的传统服饰里的特质加以演绎，以特别的手法，将街头流行成功带入时尚的领域。不仅将苏格兰的魅力发挥得淋漓尽致，也在二十世纪八十年代初开创了“内衣外穿”风格。设计师本人拥有时装界“朋克之母”之称，其时装和配饰都带有浓郁的社会意识和政治批判色彩。

随身蜜粉

这只粉饼是在巴黎闲逛时偶然买到的，实际当时并不知道它的名气，只觉得样子古典、好看，拿在手里轻巧得像一枚补妆镜。粉饼背后印着“PARIS.1881”的字样，想想竟然是有一百多年历史的品牌，应该不会让人失望。

回国后跟化妆师朋友讨论起它，才知道 T.LeClerc[1] 是深受欧洲明星喜欢的彩妆品牌，几乎是一提到蜜粉就会想到它，还曾被《时代周刊》评选为世界上最好用的蜜粉。由于蜜粉本身是用“米”做基底，再由无菌实验室手工生产完成，产量非常有限，每月大概只有 2000 个的样子。

对于彩妆新手来说，你可能真的无法感觉到它的好。因为它的粉质太过细腻了，你得接受一圈大牌洗礼之后，有了深度对比，才会被它的质感惊艳。但如果你本身就对彩妆有一定了解，T.LeClerc 确实是难觅的佳品。简单打底之后，淡淡地扫上一层，整个肤质都呈现出雾面柔焦的效果，有无限温柔的气质。就连妮可·基德曼都说，蜜粉她只用 T.LeClerc。

而我喜欢 T.LeClerc，是因为它自带一种法国人特有的骄傲气质。它没有什么现在流行的遮瑕、防晒、隔离等诸多“加分”功能，只是最简单的材质，最古朴的手工配方，保持百年以上，甚至连包装都不曾改变过。想要用好它，除了要有鉴别良物的能力，还要本身就得是肤质清透无瑕的美人，才能锦上添花。否则，别指望它会讨好你去改变什么。

最近每次从包里拿出这只蜜粉，都有人来问我它是什么牌子，为什么如此漂亮。但我都不知道该怎么解释，它其实是挑人的。

1. T.LeClerc，法国古董级彩妆品牌，是由法国人泰奥菲·蕾克蕾（Theophile LeClerc）1881 年于巴黎玛德莲广场设立的专业彩妆品牌。这位出身艺术家庭的药剂师，创造出一款能使肌肤粉嫩、质感亮丽的化妆品——蕾克蕾蜜粉，旋即风靡整个巴黎，成为上流社会仕女的最爱。

太阳眼镜

对于时下热门品牌来说，太阳眼镜的最大作用是用来造型。所以会极尽夸张，要用最高的辨识度来吸引买家，恨不能人人都戴同一款才算潮流。而对于鼻梁并不算高的摩羯座来说，我只希望它戴得舒服，不会在脸上压出红印；透光率要好，否则开车走路久了就会头晕；如果有一点点复古的姿态，还请不要太夸张。最好连 LOGO 都不要有，更别提在镜腿处贴上闪闪发亮的人造水晶了。

以上这些，Oliver Peoples[1] 都能满足我。

在现今眼镜行业被大品牌公司垄断的情况下，Oliver Peoples 显得格外独立，却能经常带动小范围的潮流，好莱坞明星如 John Lennon 都是它的粉丝。它有着低调的金属拉丝、繁复的手作工艺，以及适合亚洲人佩戴的适度复古廓形，从头到尾都看不到一点点炫耀的成分。尤其适合我这种凡事都怕太 over 的人。

时髦这种事，说到本质是为了愉悦自己。如果能做到不在乎他人的眼光当然最好不过，但是如果暂时做不到也没什么关系。**慢慢修炼就好，起码先从自我认可开始：是我觉得它漂亮，而不是别人都说它漂亮。**

作为 Oliver Peoples，它未必想得到太多人的认可。从价格到生产数量就能看出一二，就算是中档系列也要五千人民币左右，合作款要卖到一万两千元以上。且每个款只做几百只，全球发售。想要人人都爱它？ Oliver Peoples 摆摆手说：不用那么麻烦啦。

1. Oliver Peoples（欧利弗·皮帕斯），是红遍全球的美国高端眼镜品牌。基本上所有 Oliver Peoples 眼镜都是手工制作完成。Oliver Peoples 的镜片和镜架的弧度比一般品牌略大，力求令眼镜更立体，面形轮廓更突出。

搪瓷盘

第一眼看到 Falcon Enamelware[1] 的搪瓷制品，很容易就会联想到儿时半夜的急诊室，消毒水味道、穿白色衣服的护士、酒精涂在皮肤上微凉的触感以及在忐忑中闭上眼睛，紧接着什么东西落了下来，清脆作响。没错，就是它，诊疗室常用的搪瓷盘。

因为有这个印象，所以连带着觉得 Falcon Enamelware 也有一种凌冽感：

它太过朴素了，是朴素到极致的百年气质。从 1920 年创立品牌开始，就保持蓝边白肚的造型，一直没有更改过。即使到目前为止，他们也只生产过四个种类的搪瓷制品。由于搪瓷本身质地的特殊性，它不会轻易被油污浸染，也非常容易清洗，所以就算日日使用都会保持光洁如新。比起昂贵的瓷器或银器，与搪瓷相处会更自在。

但同时，像 Falcon Enamelware 这种几乎为纯手工操作的产品，看起来百年不变的“蓝边白肚”其实每一只都会有细微的差异，气泡和黑点也在所难免，完美主义的人或许要感到遗憾？但喜欢 Falcon

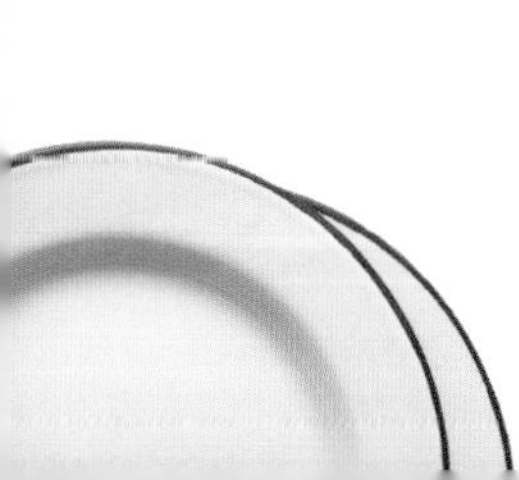

Enamelware 的人会觉得，这才是确实被使用着的生活用品，也是讲究的精品——实用感和美感兼具。因为不是工业化量产，所以才有了制造者的温度。

我一口气买了 3 种尺寸的搪瓷盘，每一种都难以割舍。纯白的色彩竟然和任何风格的料理都能相得益彰，和西式的粉彩茶具或中式的粗陶碗在一起也不觉突兀。无意中竟然成了利用率最高的餐具。心里还惦记着什么时候再去收了那只长方形的烤盘——用来烤杂蔬羊排最好，红红绿绿、油润润的有一片白来衬托，蓝色包边便是最优雅的点缀。

1. Falcon Enamelware，自 1920 年以来，一直是英国家庭生活用品的重要标志，一直专注于搪瓷制品的研发。近年，公司与英国设计工作室 Morse Studio 合作，通过明确的品牌形象、别致的包装设计与精美的摄影，确立产品的百年气质。

不需要完美的睡衣

说到这个，大概会让多数直男失望，没错，并没符合你们脑海中的幻想，女生在选择睡衣方面，几乎都是“实用主义”。那些需要深吸一口气才能展示完美曲线的蕾丝吊带裙、真丝晨褛、侧边有蝴蝶结系带的内裤，其实只是偶尔的战衣。

因为在睡衣的世界里，好睡衣往往其貌不扬。

我就曾经被一种睡衣的广告文案所打动：“这款安睡研究室（Kaimini labo）的全棉睡衣应该说是提高睡眠质量的好帮手，它的面料由独特的三层棉纱重叠交织构成，手感厚实但质地轻薄。棉纱中包含两层空气层，使其达到了很好的保温以及保湿的效果。穿着的时间越长，洗涤的次数越多，就越能凸显面料的柔软舒适触感。”

于是立刻在日本乐天上搜索，果不其然，颜色朴实、几乎谈不上什么款式、一看就知道只是为了用来睡觉的睡衣。品牌还介绍说，它在袖口的部分缀有贴心的橡胶细条。这样，在卷起袖口的时候就可以有效避免滑落，同时减少对手肘的束缚感，舒缓皮肤摩擦。如此一来，只好下单购买。连“卷起袖口”这样的场景都能预设，真的不需要再挑剔外形了。

其实，一直以来大家对“睡衣”这个品类的印象都非常模糊。Sleepy Jones[1]、L.L.Bean[2]、J.Crew[3] 等虽然口碑出众，但并没有一个突出的品牌可以像风衣和 Burberry 那样有着不可忽视的关联性。与其说市场发展不够成熟，不如说每个人的私密形象都无法和原有的预期配对吧？

气质清新的姑娘也许偏偏会喜欢那种带翻驳领、饰有纽扣的衬衣式样，仿佛要穿着它在梦里参加峰会论坛一样。而工作中气势过人的女生，也许真的会喜欢那种胸前印有大幅卡通图案的连身睡裙。

给自己留出不那么完美的私人空间，才是最完美的选择。毕竟，我也常常会问自己：我爱过 Hello Kitty 吗？

1. Sleepy Jones，由 Andy Spade（Kate Spade 的老公兼创始人之一）创立，设计师把它定位为一个休闲服装（AT-leisure）公司，希望可以让人们在穿得舒适的同时依然能够保持时尚，同时将对睡觉的干扰降到最少。并设想这种睡衣还可以穿去办公室，甚至可以穿着它参加晚宴。

2. L.L.Bean，是一个有着百年历史的服装品牌，作家海明威是它的忠实粉丝。

3. J.Crew，创建于 1983 年，年仅 21 岁的艾米丽·伍兹 (Emily Woods) 将它定义为“简单生活”的 Life Style 品牌。它以贴近大自然的动人色调和简约纯美的清新气息，体现了热爱生活、追求潮流、内敛含蓄的个性，并重视品质和品位细节的完美结合。2009 年 4 月，米歇尔·奥巴马穿着一件名叫“水晶星辰”的 J.Crew 开襟衫到唐宁街拜访英国首相与夫人。

特别的腰带

在大多数时间，腰带于女生是穿着连衣裙时的加分项，可以优化身体比例，同时避免款式上的乏味。当然，它并不是非有不可。但要想把裤装和衬衫穿得与众不同，腰带就是至关重要的部分了。尤其是白色真丝衬衫的下摆扎进牛仔裤的瞬间，腰带才是整体的灵魂。那么，如果你要问我该如何选择腰带，如何去平衡日常感和细节处的用心，我建议你可以去男装部看看。

首先，这里的腰带并没有那么浓的“装饰”意味，而是实实在在具有功能性的配饰。多以经典款式为主，材质、工艺方面也会考究很多。其次，偏硬朗的气质能很好地中和女生天性里的柔媚，让造型看起来更加利落潇洒。亮亮的编织啦，花朵闪钻啦，都不能让裤装增色，反而俗气。当然，也不是要一味追求异性化。太宽的皮带、太厚重的金属都是要避免的。除此之外，百无禁忌，随你喜欢。

图片这条男装腰带，已经忘记是什么时候入手的了。样子是最简洁不过的，尺寸也相对纤细。最一开始，总觉得它颜色太浅，找不到合适的裤子来配。但因为是植鞣皮，在衣柜里默默沉寂了一段时间，颜色就开始有了变化，变得逐渐丰满起来。这也是很多奢侈品包袋的配皮喜欢用植鞣皮的原因，历久弥新，随着你的体温、阳光、空气湿度的变化而变化，颜色、质地都会有所不同。于是，创造出一件只契合你的艺术品。

天堂书店

虽然独立书店的运营逐渐艰难，但是我总觉得，人们在书店的时间确实越来越长了。当然，这是指那部分本来就热衷于去书店的人。

首先，书店的陈列方式就变得多种多样，几乎每一家都有鲜明的个性，就连一些限量版和小众渠道发售的合作书籍也都放在触手可及的地方。书店的空间也变得更大，氛围更加友好，沿着台阶席地而坐的年轻人变得越来越坦然。当然，这其中还不乏有24小时营业的三联。另外，在书店里，不仅仅是买书那么简单。帆布袋、手账、海报，甚至是咖啡杯、香水等等，一切都将投你所好。一些大一些的书店品牌还会定期举办展览和沙龙活动，品味和趣味都要经过层层筛选。再不济，只是单纯地来约会也是好的，一杯用某部电影名字命名的咖啡就比星巴克之类可爱得多。

总之，在这个空间里，可消磨的时间变得丰富了。

刚入冬的时候，我去“单向街”参加叶锦添和陈冠中的谈话沙龙。在并不算小的活动场地里，每个角落都或站或坐挤满了人。我到得稍微晚了一点，只能勉强挤在媒体签到台的角落里。也刚好是从这个角度看过去，现场有超过一半的年轻人都在默默低头做着笔记，像极了大学时的公开课，只是叶先生的国语要更难懂一些。他说，如果现场有一千个人的话，那他会相信，此时此刻也同时存在着一千个平行的宇宙。真是奇妙的智者。

活动结束后，我在书店的香水区域买下了这支“蓬帕杜夫人的茶杯”，并不知名的沙龙香品牌，微酸的红茶香气，后调有隐约的莲花芬芳。因为它的文案是：

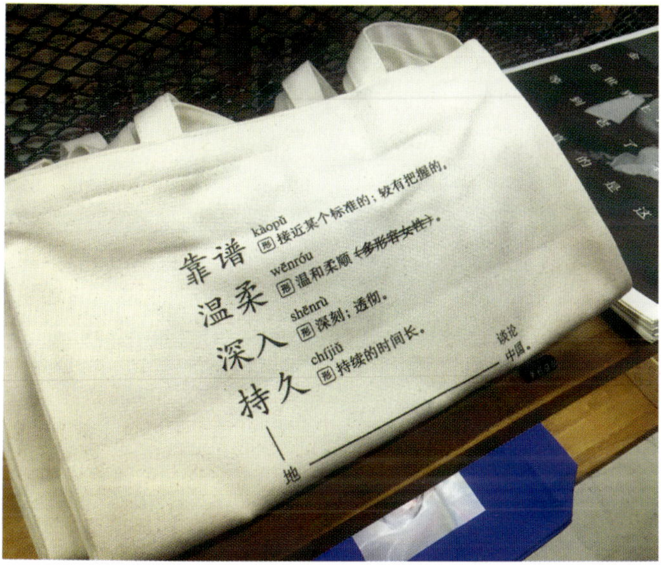

洛可可的灵魂，就是人生沉溺的享乐。而在我身后的一对儿情侣，此时正席地而坐。男生穿黑色T恤配粗布工装裤，面容俊朗。女生从背影看起来十分纤瘦，把头轻轻靠在男生肩头，正在给男生讲叶先生刚才提到的《诱僧》。

这一刻，我们并没有在读书，但是我们却又都用心在读着什么。如果所有的美好都存在于平行的宇宙，那么，希望这些宇宙之间，多几个进入天堂书店的路口。

甜蜜的自持

我原本是最不喜甜的。它不像其他味道，酸味、苦味之后有回甘，麻麻辣辣也有多种层次感。但甜太简单了，一味到底，有种孩子气般的执拗。

可就在一次朋友间的小型酒会上，竟意外地吃到了很不一样的甜。是用优格打底，厚厚地盛了半杯，上面加一层切成厘米大小见方的芒果颗粒，最上面撒着几颗红色和淡绿色的牛奶糖。那糖果入口居然会有冰淇淋一般的口感，红色的是酸甜的草莓，淡绿的是微苦的抹茶，入口即化。喝了几杯酒之后，这样清新的一杯甜品简直有如神赐。急忙追着酒会的主人问了糖果的牌子，当场就忍不住用手机下单了。

除了之前吃到的草莓奶糖和抹茶奶糖，我还另外买了店内销量最好的两个口味：无花果和海盐。店主是一个认真而狂热的无花果爱好者，百般尝试才找到适合做无花果奶糖的配方。果真每颗都能吃到饱满的无花果肉，清甜宜人，口感弹软。而海盐又是另外一种惊喜，用甜味打底，再加入意大利海盐，将甜味纾解成悠长又深邃的口感，让人欲罢不能。据说灵感是来自于 Pierre Herme，那位被誉为“甜点界毕加索”的大师。坊间所描述的“少女的酥胸”般的马卡龙也源自他的品牌：Pierre Hermé Paris[1]。

吃过以上的奶糖之后，我开始对“甜”有了一点改观。毕竟，甜蜜是需要有一点自持的，只要衬托得当，它还是蛮美好的体验。

1. Pierre Hermé Paris，1996 年底，Pierre Hermé 和 Charles Znaty 合伙创建了自己的甜品品牌 Pierre Hermé Paris，现已是巴黎最著名的甜品店。其甜品的特色是打破常规，去除传统糕点上多余的装饰，并跟随季节地更替推出新口味的蛋糕。在巴黎的地址位于：4 rue Cambon 75001 Paris。除此之外，它还在东京、大阪、伦敦等多地有店铺 。

条纹衫

泛泛地说，条纹衫的种类有千万。质地不同，条纹的密度不同，颜色不同，穿起来的风格就会千差万别。但让时尚界倾倒的却只有一种，就是 Breton Stripes（不列塔尼条纹）。它由质地细密的棉布织成，最早是为出海的水手而制，能起到防风防晒的作用。当遇到暴风雨或船难而需要跳海的时候，醒目的条纹可以远远地被人注意到，因此它被驻扎在布列塔尼半岛的法国海军定为制服。一件标准的条纹衫共有 21 道条纹，蓝白相间，每一条都象征着拿破仑战争时期法国舰队的胜利。

再后来，众所周知的 Coco Chanel 推出了航海度假系列。她把条纹衫和阔腿裤、短丝巾搭配在一起，让厌倦紧身连衣裙的女士们为之一震。于是，条纹衫首次作为流行元素进入时装界，从此迅速风靡起来。

如果世界上存在着一本“二十世纪五十年代 icon 录”的话，你会发现，无论是朋克乐手还是摇滚经纪人，无论是女演员还是艺术家，甚至是戏剧家或肯尼迪总统的夫人，他们身上都曾留下过条纹衫的影子。最最出名的有毕加索、安迪·沃霍尔、奥黛丽·赫本等等。

虽然川久保玲的 Play 条纹衫也是我衣柜中的常备款，但是如果说到法式风情、休闲舒适的话，我还是更钟情于 Saint James[1] 的传统条纹衫。一百多年以来，它仍然保留着当年条纹衫的经典元素：帆船领、细密的针脚、修长贴身，以及像“水手暗语”似的 21 道条纹。无论是长袖还是短袖款式，都会给人带来清新、跳跃的好心情。

是的，这样历久弥新的设计原本就不需要太多变化。

1. Saint James，创立于 1850 年，以 Saint James 小镇名字命名，最初是由 Legallais 家族经营的纺纱工厂生产的纱线渔夫毛衣。后因其出色的设计和质感，成为法国海军指定的海魂衫生产厂家。时至今日，Saint James 仍然在为法国海军缝制官方制服和毛衣。为保持品牌的百年传统和品质，即使纺织工具越来越先进，人工成本越来越昂贵，Saint James 仍然坚持手工剪裁、缝制。并且，一直以来 Saint James 都是艺术界名人的最爱，从毕加索到香奈尔女士，从奥黛丽·赫本到安迪·沃霍尔，几乎都曾穿着 Saint James 留下珍贵的私人影像。

为你手作情诗

毫不自谦地说，我是一个严肃的“手控”。

从七八岁学画开始，传统国画、西洋水彩、水粉、素描轮着经历了个遍。现在对画画的记忆已经逐渐模糊，唯有下课后反复洗手的情景印象深刻。尤其是冬天，站在冰冷的自来水笼头下搓了又搓，直到双手通红。

开始有意识地给自己买配饰的时候，买得最多的是戒指。夸张的，纤细的，不拘一格。在欧洲街边的设计师小店订制过一款白金素圈，当时还反复斟酌在戒指内侧刻的花体法文。后来因为种种原因并没有拥有它，现在想来都觉得遗憾。总是想，如果不是与那么美的东西擦肩而过，这双手应该早就有了心满意足的戒痕。

所以，在呵护双手这件事上，我已经认真对待了很多年。手霜要分季节，因为春夏与秋冬需要的保湿力度完全不同。出门可以不带钱包，但手霜和湿巾是一定要带的，否则就很难心安。定期要在美甲店做护理，再不济也要在家去个角质。防晒啦，化学清洁剂啦，更是小心再小心。这于我，是习惯吧？

直到有一次我去采访了一个首饰工作室，设计师是一个瘦瘦小小的姑娘。手指纤弱细白，却对着一排金属敲敲打打，在退火、锻造、刻字、打孔等工艺之间灵巧地转动。她有自己的独立珠宝品牌，日常也会有首饰教学课程。很多恋人来到她的工作室，从最初的设计稿开始，到最后的作品成型，她都一一耐心指导，为每个人奉上一份手作的情诗。在那个时刻，我觉得她的手和她的作品简直是天作之合，有着动人心魄的力量。

无与伦比的 IRIS

对于大部分时装爱好者来说，买衫是最日常的爱好，但绝对称不上收藏。但 Iris Apfel 不同，她的“日常爱好”让人过目难忘。

凡是能找得到的关于 Iris 的资料，对她最多的解读是：80 岁出道，90 岁成名的时尚女王，至今还有品牌在排着队等她来代言。从 2005 年，纽约大都会博物馆和她偶然的一次合作之后，她的名字和她的风格就惊艳了全世界。但看过 Iris 的纪录片之后你就会了解到，她从始至终都没有刻意地想要让谁来认可过。你以为的琳琅满目的收藏，对她来说却是再普通不过。

从12岁起，在其他小女孩还吵着要吃糖果的年纪，她就心心念念了几个月，花65美分在地下商店买下一枚和年纪并不相称的vintage胸针。结婚后，出于对古董和陈列设计的热爱，她和先生共同创办了古董纺织企业Old Wold Weavers。她在突尼斯买Pierre Cardin[1]原厂牛仔裤，找Chanel的珠宝匠仿制古董珠宝，去高级时装屋买样衣，去非洲的市集买当地人手工打磨的宽大手镯，收购传教士的衣袍并擅作主张将它改成时髦的吸烟裤样式……在她心目中并没有“奢侈品”的概念，有的只是沉迷于搭配的乐趣。与此同时，她有一个爱她几十年如一日的丈夫，直到年近半百还宠溺地称她为“小新娘”。显而易见，她在金钱和灵魂上都足够自由。

于是，在Iris的视觉作品中，你能同时看到童真，看到潇洒，看到无与伦比的自然和色彩，看到最质朴但可以打动你内心的力量……就仿佛，众神都栖落在她的肩膀上。

1. Pierre Cardin（皮尔·卡丹），1945年皮尔·卡丹23岁时，他在巴黎参加了电影《美女与野兽》的服装设计，作品颇受好评，此后，他的设计才华逐渐受到欣赏。1950年自己独立开设了服装设计公司，地点选在巴黎的Richepanse街上，并于1973年正式成立了Pierre Cardin公司。在时装等级森严的法国，皮尔·卡丹首次提出了“成衣大众化”的口号，并将设计的重点偏向一般消费者，使更多的人穿上时装，在二战后的法国获得了巨大的商业成功。另外，皮尔·卡丹时装也是最早进入中国市场的国际品牌。

鲜吃莲子

除了烈日高温、海滩比基尼之外，最能提醒我夏天已经到了的东西就是莲子。它通常只会在传统菜市场或者老旧小区的路边贩卖，用竹篮或者平口的竹筐盛着。莲蓬新鲜碧绿，莲子饱满圆润，莲蓬的根茎被切得很短，三五个扎成一束。如果赶巧买得早，还能闻到露水混合植物特有的湿漉漉的味道。

新鲜的莲子是夏季特有的恩物，剥开莲蓬，去除青衣，白白的莲子生脆爽口，甜中带苦。如果吃不惯这种苦味也没有关系，可以把莲芯取出来再吃。而莲心单独泡茶，清清淡淡，过口许久仍有回甘。

中医讲莲子性味甘平，具有滋养补虚、养心安神等功效。新鲜莲子去火的效果尤其好，还能帮助消除疲劳，非常适合夏天食用。这是我觉得中医最神奇的地方，隐隐透着禅意。应季的鲜物总是对应当季的养生，过了这个季节，就是错过了最好的时机，仿佛身体和万物之间早在冥冥之中就有了约定。

听蒋调评弹《莺莺操琴》中有一段是莺莺和红娘在湖边焚香弹琴的情景，就唱的是夏天，婉转低吟着：“这叫长日夏凉风动水，凉风动水碧莲香，果然夏景不寻常。”后来在电影《长江图》中竟也惊喜地听到过这一段，男女主角分别走在河堤的两边，内心百转千回，却是连对视都显得羞涩。风鼓起女主角的衬衫下摆，美好的形状就展现出来，好不鲜活。

现代人的平衡

最近在学的两个东西都在讲平衡：一个是法语，一个是太极。

法语有各种匪夷所思的规则，为了保持一个规则，有时候还会衍生出若干个其他规则来约束它。所有所有的琐碎，都是为了让这种语言读起来优雅动听，在音调、音节、词义表达上达到完美的平衡。汉语的乐趣在于文字如胶泥，捏起来很有趣。而法语是不能随意“捏”的，你可能甚至在一句话里找不到任何歧义，所有的字母和标点都有它合理存在的意义。

太极的平衡讲究的则是神气合一，身心都能在自然的吐纳中得到完美统一。这种平衡已经延续了几千年，从最早的道家、儒家哲学开始，虚虚实实，需要内外兼修。当然，这非常难做到，尤其对我这种初学者来说。但是在简单的动作中，思考今天为什么做不到，或者又为什么做到了，这本身就是太极之外所带来的自我认识与平衡。当我在斟酌“运转云合”“荡手上步”这些妙不可言的词语背后和动作的关联的时候，老师却提示我要心无旁念。于是，闭上眼，轻呼吸，感受力量自下而上的“合和”。

在这快速发展、欲望被无限激发的时代里，其实很多现代人是很难体会到平衡的。回头再看看那些为了法国男友努力学习法语的中国姑娘，在北京社区公园里学习传统太极的德国夫妻……宝贝，世界大同，还请放轻松啊。

香氛蜡烛

对蜡烛的喜好，竟然是源于一次不愉快的旅行。当时飞机晚点 10 个小时，本来就因为长期滞留心情非常低落。酒店方又打来电话，原本预定的“吸烟房”被无故取消。临时再找合适的酒店显然是来不及的，所以去往酒店的路上，拖着大行李箱的我怨气满满。

入住后闲得无聊，就边整理文件边喝酒，随手把酒店赠送的香氛蜡烛点上了。现在想来，那应该是澳洲本地比较平价的牌子。白色圆柱形，小小一只，点燃后没有一丝黑烟，散发着橙花混合茉莉的香味。慢慢地，情绪平复下来，像看着夏日午后冰啤酒的泡沫，有点无所谓，又有点懒。

从那之后，我开始逐渐留意起香氛蜡烛。比起大红大紫的 Diptyque[1]，我更爱英国的皇室品牌 NEOM[2]。它添加了天然植物精油，味道容易让人放松，舒缓压力。燃烧时候火光轻盈，很容易烧成平面的蜡池，也不会挂壁。我常会把橙花或者摩洛哥玫瑰的那款放在办公室，也倒不用点燃，偶尔走过就有淡淡香味飘散出来。

NEOM 还有另外一款比较特别，是

有深层皮肤滋养功能的蜡烛。基底并非由普通石蜡组成，而是由葡萄籽油、甜杏仁油、薰衣草油等 20 多种精油组成。燃烧 30 分钟，待房间充满香气之后，将蜡烛吹灭，等融化的精油降温 2-3 分钟，然后把精油涂抹在身上，稍作按摩就可以充分吸收了。这时候的精油不仅是护肤油一般的存在，除了舒缓肌肤和紧张的神经，更具备了一种莫名的仪式感。

想像下洗澡之后，对着水雾缭绕的镜子，为自己涂抹上温热的精油，然后裹着一身芬芳钻进被子……就像 NEOM 在包装盒上写的那样：Learn to be calm and you will always be happy。

1. Diptyque，1961 年由室内设计师 Christiane Gautrot、画家 Desmond Knox-Leet 以及戏剧导演兼布景设计师 Yves Coueslant 联合创办。自 2005 年被私募基金 Manzanita Capital Ltd. 收购以后，在资本的推动下，以香氛蜡烛著称的法国独立品牌 Disptyque 已发展为从家居香氛到护肤用品的新兴生活方式公司，产品线包含：香水、香薰蜡烛、装饰摆件、文具系列等。其中 2003 年推出的 Tam Dao 是 Diptyque 最出名的一款檀香调香水。

2. NEOM，来自英国的香氛品牌，据说是凯特王妃的最爱。产品主打天然有机，孕妇也可以使用。主要成分是天然大豆、油菜籽及非常少量的蜂蜡，混合植物精油制成。纯白色的杯体简洁自然，让人由内而外感到放松。

香水的风格

ENCRE NOIRE
GREY FLANNEL
eau de toilette
GEOFFREY BEENE
NEW YORK - PARIS

我是从什么时候开始确定了自己香水的风格？大概是从身边的女孩儿们纷纷称赞，“你闻起来好像我喜欢的男生”开始。没错，从来都是男士香水。少年时熟读亦舒的我们，最后都变成了自己的“家明”。曾多次加班到深夜，满身疲惫地乘车行驶在路上，发尾或许有不可避免的烟味。但侧过头去，把手肘依在车窗上，还是可以闻到熟悉的自己，还是会感慨一万次：这确实是自己笃定的安心。

而身边闻起来甜美可人的姑娘很多很多，过于浓艳的也不在少数。大多女性朋友都表示，买下香水要么是因为被炫目的广告吸引，要么是来自别人送的礼物。后者，多数都是由于异性指着香水专柜对导购说：请给我你们卖得最好的一款。往往缺乏新意。总之大家打的都是安全牌，甚至比买什么衣服更要拘谨一些。

我则喜欢用一些木质香调的男士香水，闻起来像充满情欲的苔藓植被，湿淋淋的。又或者是凌冽的雪松，仿佛在很高很高的位置有阳光从树叶的缝隙洒下来。偶尔也会有一点点柑橘、胡椒、豆蔻这类活泼的味道作为前调，但一两个小时过后，它们就沉浸下来不再是主角，随之涌出的，是更深厚、更遥远的东西。

不过，最近一两年我也在慢慢尝试一些更加“柔软”的味道，一些小众的沙龙香，或者设计师品牌的中性香水。比如绝不含糊其辞的玫瑰调，是最简单直接的性感。毕竟，崎岖的情欲道路上，时间漫漫，我也不再想废话太多。

修剪器

左边图片上的这件小东西，我也不确定它是不是有什么固定的名字，但是从功能上来说，应该被称为“手动毛球修剪器”。薄薄一片，拿在手里很轻巧，被我收在衣柜的抽屉里，时不时就会拿出来用用。

起初是因为和做设计师的朋友抱怨，很多羊毛或羊绒的衣服穿旧了就会起球，打理起来很是麻烦，扔掉又太过可惜。如果送去衣物干洗店做护理，衣服确实是被洗得干干净净、香喷喷地送回来，但如果不特别交代，毛球有可能还是会待在原有的位置不肯移动。恐怕这种细碎的小工作，洗衣店是不愿意耗费人工一件一件耐心处理的。于是也曾买过电动的毛球修剪器来修理，但是机器嘛，开关一打开，毛球是迅速减少一半，但也会心疼面料的纤维被剪短。几次下来，再昂贵的羊绒衫怕都要报废掉。

于是朋友送了我这个，是她在日本看到的小物，回国后自己去定了几百件。放在工作室里或拿来送人，随手用起来很方便。只需要把有毛球的那部分面料拉直，然后把这个“小薄片”沿四十五度角倾斜，顺着纤维的走向轻轻刮几下，毛球部分就能被立刻抚平。全部功夫都控制在你自己手掌的力道上，只要肯细心对待，再花上一点点时间，几乎就能让衣服恢复原有的顺滑触感。

大多人只以为真丝难对付，其实只要是天然面料都各有各的脾性。**我从不主张每季买太多衣服，尤其是像亚麻、羊毛、羊绒这类产量不高，却耗费自然能量的东西。它们尤其应该被好好使用，每一天、每一分钟。**

所以，能有这种趁手的小物件来加持衣服的质感，真是庆幸。

羞涩的质感

第一次见到 Kira，会觉得她美得太冷、太难接近。但当你看过她的作品之后就会明白，这样可爱的设计绝对不会出自一位内心冷漠的设计师。更多的时候，她只是害羞，害羞地沉溺在它的瓦楞纸世界里。

说到瓦楞纸板这种东西，难免会有一些儿时过家家的回忆，当然它最多都是用作包装材料。但在 Kira 眼里，瓦楞纸板结实又可再生，同时可以构建出有神秘线条的空间感。开始她只是想用这种材质为自己制作一些环保的家具，从一个小层架开始，慢慢地有了花瓶、灯罩、收纳盒、书桌，甚至是沙发、摇椅。充满童趣的奶油橘色摇椅，最高可以承重 100 公斤。就这样，Kira 创立了 Form Maker 工作室，完全突破了人们对于“纸制品”的传统期待。她说：只要使用得当，瓦楞纸同样具有防潮和耐热的特性，生命周期超乎你的想像。

我买了两只小小的六边形收纳盒，最大的展示面是淡色的大理石纹路，收纳盒的侧面则保留了瓦楞纸板原有的蜂巢空间感。这两只盒子随意放在桌子上，放一些近期在戴的首饰，只要是看到的朋友都忍不住称赞。比起一些新兴的环保科技材料，瓦楞纸确实让你有意想不到的亲切感。

慢慢地，Kira 还把她简约的设计风格扩展到配饰上。还是以低调的纹理质感为主，又增添了不同色彩的石子颗粒感、金箔的闪烁质地、水波冲击岩石的曲线。透明的，散漫的，规则的，一点点分布其中。她将万物的质感都表达得很含蓄，近乎害羞，让人感动。

在 Form Maker 的作品中，和某种灵光相遇总是猝不及防。

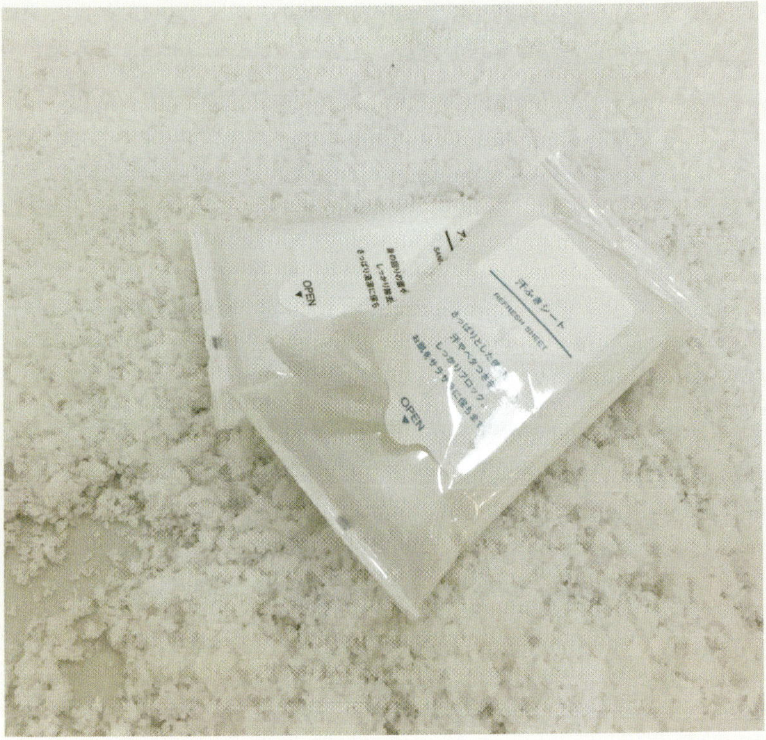

需要被进化的面纸

我常常在想，怎么会有这么多人喜欢背着名牌包包穿梭于市？有些甚至是不久前才在杂志上见到的款式，隔几天就会出现在你面前。这种“敏感度”究竟是不是好事呢？喜欢拿名牌包包的人，包里究竟装了些什么呢？再残酷点说，你拿着一个名牌包包，可是你的谈吐和你的聊天内容是什么？

对我来说，我只希望他从名牌手袋里拿出一包面纸的时候，会让我觉得他很在意个人清洁问题。

面纸这个问题，不知道为什么，几乎从未被深入讨论过，但它确实是你随身必备的东西。而需要在什么时候用到它？无一例外全部是尴尬时刻：哭泣、鼻子不适、伤口、就餐后的清洁、需要应急打包一点贴身首饰，甚至是上厕所或做爱之后。仔细考虑一下这些场合，哪一个能够被粗糙对待？

试用过许多不同牌子的面纸，综合吸水性和柔软度，我目前最喜欢的还是一些日系品牌。他们会把面纸的用途区分得很精确，比如可以湿用的，添加乳液的，有薄荷醒脑成分的，适合夏天的，适合鼻子过敏的，有羊绒般柔软触感的等等。你可以明确感受到，面纸是被提升到一个 lifestyle 层面上的，而不仅仅是便利店加 1 元换购的附属商品。比如我很喜欢的 nepia[1]，它会做一些 mini size，绢绒质感，即使遇水也不会有让人尴尬的白屑。这样小小一包简洁干净的面纸，从你手袋里拿出来，再递到需要的人手中，几乎是名片一样的作用，也是最基本的社交礼仪——我很在乎我的生活，希望你也一样。

而像 MUJI[2] 这种店，他们售卖的一些湿巾还会做更深入的功能细分，有添加爽身粉、防晒乳的，有专门针对牙齿的，还有婴儿用有驱蚊效果的。

每当想到手袋里有数量充足、质地适宜的面纸，我就会觉得安心，背什么包却是其次。

1. nepia（妮飘），是由王子（OJI）集团旗下王子妮飘株式会社在中国投资的法人企业王子制纸妮飘（苏州）有限公司所创立的品牌。主要负责生活用纸的生产与销售。主要产品有盒装纸巾，手帕纸，卫生用纸等。品牌倡导“纸感生活质感”的全新生活观念，秉承“产品是美化居室、体现时尚的元素”这一理念，对所有产品进行了新的设计，无论是居家还是随身携带，都处处体现出鲜明而优雅的个性。

2. MUJI，日本杂货品牌，在日文中意为无品牌标志的好产品。产品类别以日常用品为主。产品注重纯朴、简洁、环保、以人为本等理念，在包装与产品设计上皆无品牌标志。产品类别从铅笔、笔记本、食品到厨房的基本用具都有，近年逐渐涉及民宿、咖啡店、书店等领域。MUJI 认为自己所倡导的是一种极简的生活哲学，它不强调所谓的流行，而是以平实的价格还原商品价值的真实意义，并在似有若无的设计中，将产品升华至文化层面。

牙膏和滚床单

以时下“互联网式”的生活节奏来看，大概很难想像会有人用几十年时间只做一种器物，但这样的事情确实存在。

大矢制作所从昭和 24 年（1949 年）创立至今，只有四名手工艺者，且只做纯铜磨姜器，主要供餐厅大厨使用。他们在厚铜板上手工雕刻刀片，因此每个刀片都不是那么规则。然而恰好是这种轻微的“对不齐”让磨果泥变得更加容易，研磨起来更顺畅细腻，无需刻意随着蔬果形状的变化改变手腕力量。

近几年才推出适合日常主妇使用的平价版本，有质朴的动物造型雕刻手柄。像这种传承百年的制铜工艺，如果使用适当，大概用上三四十年都不是问题。

没错，恰恰是厨房中最不容易被注意到的东西，被用奢侈的态度对待着。而现在最

MARVIS
CLASSIC STRONG MINT

常被提起的“奢侈”二字，其实早就脱离了它本来的意义。当季限定款、大的 LOGO、稀有皮质、高辨识度的设计师款，所能表达的意义小之又小。

与“磨姜器”类似的，还有牙膏。比起能带得出去的名牌，这类放在私密空间里的“小东西”其实更能表明你对待自己的心意。

买第一支 Marvis[1] 到现在，陆陆续续用了 2 年多。起初是因为挚爱的包益民老师在一次杂志采访中说：“Marvis 让刷牙成为夜里除了滚床单外第二让人期待的事。它的薄荷辛辣程度完全不会让你有不适的感觉，膏体厚重，有颗粒感，是彻头彻尾的洁净体验。别说是临睡前的滚床单，早晨的吻也可以靠边站站了。

百元左右是否可以买到让人舒心的奢侈品？打折的小瓶装香水讨好的姿态太过明显，难免显得不够高级，但 Marvis 却可以。

1. Marvis 是来自意大利具有近百年历史的个人护理品牌，采用经典传统的做法，工序复杂，一丝不苟。质感黏稠浓密，味道格外强烈，不只感觉舒爽，更具有保湿及美白功效。曾被盛赞为牙膏中的“爱马仕”，也是大英航空头等舱客人专用的护理产品。

羊毛礼帽

如果你想在最短的时间内改变自己的现有造型、让人眼前一亮，帽子确实是最佳选择。就连最最简单的白衬衫牛仔裤，和不同的帽子搭配在一起，视觉效果也会千差万别，个人风格就是在这种微妙的变化间凸显出来的。

Goorin Bros[1] 的复古羊毛礼帽据说是帽子达人的必备之选，堪称经典中的经典。这个牌子是美国有百年历史的制帽品牌，至今仍然有一部分工艺坚持手工完成。他们提供你能想得到的各种帽子样式，而设计灵感则纷纷来源于二十世纪二三十年代曾流行过的款式，如此循环往复。所以，任流行是什么节奏，Goorin 只是在倔强地坚持自己认为的“流行”。不为时间所动摇，这一点很妙。

我喜欢它硬朗的廓形下，温和亲厚的手感。羊毛质地细密，在凹凸的曲线中有明暗光影，调和进一些柔软的女性元素。配饰也是很素的，窄边拼皮，小巧的银色金属扣上刻有品牌名字。总的来说就是一顶礼帽该有的样子，绝不浮夸。冬天用来搭长大衣最好不过，初春配垂坠质感的针织衫也另有一番味道，是经年不败的搭配良品。

当然，这样质地的帽子，打理起来也得格外用心。不戴的日子里要防霉防蛀，还要用天然软毛刷为它除尘，再做定型收纳。每次默默做这些的时候，想着那些已买或正要买的衣服，想着那些猝不及防的气温骤变，就越发喜欢四季分明的城市了。

1. Goorin Bros，是德国卡塞尔的非物质传统文化品牌，主要从事复古帽子的设计与生产。目前在中国尚未有实体店铺，也没有直接的网络购买渠道。

艺术家的坏脾气

但凡是艺术家，难免有一点脾气。但是因为脾气实在太坏，以致影响了全世界的审美规则，密斯·凡德罗算是其中佼佼者。

记得最开始接触设计的时候，就知道密斯那句著名的“Less is more”。因为这句话，从此往后70年之久，极简主义一直在世界艺术史上有着重要的位置。但实际上密斯本人还说过另外一句倾向更加明确的话：“I don't want to be interesting，I want to be good。”完美主义加极度偏执，显而易见。

在工作中，密斯只建理想的玻璃建筑，只为理想的空间设计极简的家具。他永远只穿着剪裁精致的黑色西装和笔挺的白色衬衫，只抽纯正的古巴雪茄，喝最浓烈的酒。他对自己的作品有着永恒不变的坚持，曾强制性规定西格拉姆大厦里的百叶窗只能全开，半开，全关，没有第四种选项。原因嘛，当然是为不破坏设计的整体完美感。于是，在1954年初落成的这栋大厦，以75%的外墙面积都选用琥珀色玻璃配以铜窗格为标识，在纽约众多的高层建筑中显得尤为与众不同。

过去，歌德曾用诗歌颂希腊多立安神庙的光辉，整个儿神庙都在歌唱。现在，人们赞叹那些闪闪发光的摩天玻璃大楼，就是因为密斯用极简的线条空间去和洛可可、巴洛克等繁复的风格对抗，才让现在的城市与过去完全决裂。也正因为密斯，才能在如今的服装、音乐、电影、美术，甚至是科技产业如苹果，都延续着“Less is more”的极简主义气息。

想到那些累人的繁复美感，真要庆幸“生不逢时”。

饮牡蛎

最开始我是不爱吃牡蛎的，总觉得全世界人都对它的功效有种迷信。而国内的做法，通常是加芝士、酱汁或者葱蒜胡椒等辛辣调料，目的是去除牡蛎本身的腥味。这恰恰是我最害怕的海鲜做法，根本尝不出食材本身是否新鲜。烟火气太重，难免让人皱眉头。

有一年在意大利的时候，跟工作组住在一户当地人家，沿海小镇，推开院门走十几分钟就能到码头。天还尚未亮透，就能听见商贩的叫卖声。屋子的女主人是法国人，先生是西班牙人，他们说之所以选择在意大利定居，是因为觉得这是最性感的国家。也是他们教会我，原来牡蛎是如此情感丰沛的食物。

欧洲人爱牡蛎自然不用说，法国人尤甚。女主人 Léa 说，虽然世界各地都产牡蛎，但只有寒冷的海水，才能生长出鲜美爽脆的牡蛎。同时，海水的咸度、产区的海藻、矿物质含量都是影响牡蛎口味的重要因素，会让牡蛎肉呈现出金属味、奶油味、榛果味等等。

所以对于法国人来说，他们品尝牡蛎的方法是用“饮”的：用拇指和食指握住牡蛎较窄的一段，用中指微微拖住下壳。闻一闻香气，浅尝一口牡蛎壳中的海水滋味。然后挤上新鲜的柠檬汁，连汤带水将牡蛎肉“饮”入口中。

从那之后，我开始变得爱吃牡蛎。打开坚硬丑陋的外壳之后，莹白饱满的肉质有一种新鲜的诱惑。和浓烈的海水一起，在口腔中迸裂出丰富的口感，水果的甜味、奶香、坚果味渐次涌上来。这样娇羞又浓烈的情感，另配一杯 Cloudy Bay[1] 长相思再好不过。

1. Cloudy Bay，全球闻名的新西兰云雾之湾酒厂。创立于 1985 年，由澳洲曼达岬酒厂创办人 David Hohnen 建立，2004 年成为酩悦轩尼诗葡萄酒集团 Moët Hennessy Wine Estates 的一员。

用诗意
酿的酒

我是睡前一定要喝两杯的，要么红酒，要么威士忌。也不刻意挑选产地、年份、品牌。因为家里不存在“电视”这种大众喜闻乐见的娱乐型电器，所以，酒精加书就变成了最好的助眠方式。但是先生喜欢起泡酒，所以在特定的纪念日，或者是有事情要庆祝的时候，我都会按着他的口味开一瓶，增加一点愉快的气氛。

传统意义上，起泡酒虽然是适合餐前饮用的，打开食欲的同时有助于放松神经,但是作为“酒”本身来说,未必喜欢被赋予太多 tag 吧?自由享受不是更重要?

在这方面，意大利的 Bottega[1] 就属于没有“香槟”噱头的起泡酒，可以随时随地喝起来。它造型耀眼，瓶身璀璨流畅，这在小酌聚会中首先就是加分项。其次，Bottega 有着精致、浓郁的白花香气，同时夹杂着蜂蜜、梨子、苹果的味道，结构感良好。不会过分甜腻，口感清新让人为之一振。看着酒杯中细腻的浅金色气泡慢慢爬升，心情也会跟着舒畅起来。它采用的是特定产区精选出来的 Prosecco（也称为 Glera）葡萄，缓慢发酵，用当地人的话说就是：所有的酒都要充满诗意地去酿造。

我时常在想,我真的需要时不时喝上两杯么?但也确实想不出“不喝”的理由——毕竟可以让人简单愉悦的东西并不多。能短时间地沉迷其中，能在困顿琐碎的每日 24 小时里，有那么一点点，哪怕只是为了自己的诗意……嗯，感谢 C_2H_5OH。

1. Bottega，该酒是波特嘉酒庄旗下“诗人酒窖”品牌系列（La Cantina dei Poeti）的一款起泡酒，产自意大利威尼托。波特嘉璀璨金瓶起泡酒（Bottega Gold），金光闪耀的酒瓶璀璨夺目，采用的酿酒葡萄来自快乐与诗意发源地的歌蕾拉葡萄园，且全部采用干发酵法，酒体轻盈，气泡丰富。另，威尼托是意大利东北部的行政区，是意大利三大葡萄酒产区之一。

有生命的面料

一直以来，我都非常喜欢“泡泡纱”这种面料，或者不如说是最喜欢。

它在日常的成人时装中并不常见，多用于孩子气的童装或家居品。多采用轻薄的纯棉平纹细布加工而成，具有风格独特的纹理质感。正因为布面呈现出均匀的凹凸不平的小泡泡，所以不会贴身，凉爽舒适。但是洗涤时需要非常注意，不能熨烫，不能用热水或强效的洗涤剂，也不能大力揉搓、拧绞，更不能机洗。

总之，泡泡嘛，如果呵护不当就会消失不见。而泡泡纱也是平价但又非常任性的面料。

让人惊喜的是，今年 UNIQLO[1] 和 Lemaire 推出的合作系列里就有几件连衣裙采用了纯棉泡泡纱面料，于是欣欣然去收了几件。当然，这个系列本来就主打复古摩登、优雅灵动的剪裁，没什么花哨的设计，最对我的口味。还买过一件 Maje 的水红色珍珠缎上衣，宽松的袖子，袖口处有细碎的褶皱收口。珍珠缎，其实就是真丝中的“泡泡纱”了，比纯棉面料还要任性一些。搭配这件上衣，下面穿什么倒是无所谓，但最让人心神荡漾的方式是不着内衣。风从下摆扬起，面料的凹凸纹理抚摸着身体，让人愉悦。

当然，并不是只有柔软的面料才会有

性格。

曾经去一个设计师家里聊天，我俩在窗前摆弄她从世界各地收集来的一些小玩意儿，色彩古怪的意大利手镯、波普风格的过膝百褶裙、珍珠贝母的古董袖扣……在临走的时候，准备关上门的瞬间，我看到了她藏在门口收纳箱里的巨型橘色硬纱。她说是来自于某件大礼服的衬裙，如果摊开这件裙子，足以占满整个儿房间的宽度。所以衬裙就被拆下来，单独收在箱子里。那种深深浅浅的橘色，像是要溢出来似的，每一个褶皱都在努力向外延伸，再延伸。层层叠叠，好看极了。

想像穿上这条裙子的姑娘，也一定是从内到外都透着活力。

1. UNIQLO，（日文假名发音：ユニクロ），日本服装品牌，由日本迅销公司建立于 1963 年，价廉物美的休闲装“UNIQLO”是 Unique Clothing Warehouse 的缩写。通过独特的商品策划、开发和销售体系来实现店铺运作的低成本化，由此引发了优衣库的热卖潮。

羽毛胸衣

朋友在三里屯的使馆区附近独自租了一间公寓，她把床安置在屋子的正中央，床头后面就是巨大的落地窗户，白色的纱幔垂至地板。她打开床边的低柜，给我展示这些年的点滴收藏。

其中最让她引以为傲的是这件羽毛胸衣，意大利产，大约是60年代前后的物品。她小心翼翼地用棉纸包着，再轻轻地把它摊在床上。初春的阳光还很温和，从窗口透过来，洒在每一根弯曲延伸的羽毛上。但因为时间遥远，羽质原本的光泽变得有些暗淡。酒红是哑光的性感，棕咖有点垂头丧气，墨绿还残存一丝俏皮。这个尺码，应该原本就不是为上围傲人的姑娘设计的。它玲珑有致，配上丝质吸烟裤和过肘的黑色小羊皮手套才好。

这些不知道是来自大自然中什么鸟的羽毛，也不知道是什么时候，从鲜活的生命里脱落。大部分随风飘散，只有少数被人珍视着，抚平之后被赋予新的色彩或形状。

因为羽毛的脆弱，所以每一针的缝制、每一根的染色都要手工完成。但又因为羽毛自身的坚强——它是动物天然的屏障，风吹雨淋都无所畏惧，只要轻轻抖动就可以恢复原状——所以才有了像胸衣这样看似不合理但又格外令人惊喜的设计。

她笑着说，那时在佛罗伦萨差点误了飞机，踩着高跟鞋在街头狂奔，恨不得扔下所有行李只捧着这件羽毛胸衣登机。现在回头想想，她恐怕仍然会做同样的选择。爱就是这样，从来都不存在“似是而非”的选项。

OCHON DE SAVOIE
COULOMMIERS
45% mg
COULOMMIER LAIT CR
Saint siméon
4€/le quart
LAIT CRU
BRIE AUX POIVRE
19 ,80€/KG

在晨光中逛市集

每到一个地方，我最喜欢的行程就是赶早去逛当地的市集。

南方小城的市集多半隐匿在老旧居民区的中心，随便起什么名字，甚至没有名字。从蜿蜒曲折的巷口走进去，充斥着鲜味、泥土味以及无限缤纷的色彩。欧洲的市集大多只在特定时间才会有，城市中央迎着晨光慢慢铺满一条街道。人们边逛边吃，走走吃吃到街尾，买上一束花才回家。

厦门的第八市场以海鲜种类齐全而出名，是早在民国十五年（1926 年）就有的菜市场。粉红的红娘鱼是当地人的最爱，名字很是媚。还有常见的黄翅膀、竹蛏、鲍鱼、花蟹，以及其他叫不出名字、花纹奇特的螺。街角的鱼摊有卖小鲨鱼的，比鲈鱼尺寸大一点，当地人对其习以为常。成年的

鲨鱼像猪肉、牛肉一样分部位切开，油脂分明地摊在菜板上。摊子旁边是几十年老摊子的花生汤，香气四溢，于是，鲨鱼的“不合理”被渲染得不言不语。

还逛过竟然是以声音取胜的市集。在新疆，也是要赶清早去才有趣。维吾尔族打馕人的叫卖声，尾音旋转清扬，愉快得几乎要飘上天了。卖核桃、红枣的大多嗓音浑厚，自重而威。还有根本听不懂在说什么的哈萨克姑娘、塔吉克斯坦小伙，用笑声和歌声让你驻足品尝。记得去逛的

时候是在腊月，天气很冷，阳光却骗人似的灿烂。我站在路边看摊主做面肺子（以面粉、羊肺制作而成的新疆传统小吃），扬起一勺金黄滚烫的卤汤，香味不是先到鼻子，而是直接到你心里的。

市集的“烟火”气息往往能看出一些当地人的性格，热烈或凛冽，自有它的特色。而对我来说，这世界上能让我不贪睡的事并不多，起早逛市集是蛮重要的一个。

在迷你裙里
摇摆

记忆中这件裙子应该是来自三里屯附近的一家买手店。店主定期往返意大利和法国，然后成箱成箱地带回一些vintage服装或饰品。她性格直爽，像个男孩子，格外喜欢那些色彩浓烈的——丰富如波普色表的百褶裙、宽大可以层搭的塑胶手镯等等。

我买的这件摆在架子最末端不起眼的位置，但是看了一眼就决定，好的，是它了。这种简单的设计完全不需要有衬里，你把身体放松地交给它，它就会让你的四肢每一分钟都能舒适摇摆，甚至都不用过多介意内衣的问题，搭配人字拖或球鞋就足够了。单宁面料的蓝格外沁人心脾，而锁骨位置上那些彩色的小蘑菇竟然没有一只是形态重复的，笑脸图案的扣子也是稚嫩得恰到好处。裙子整体采用红色的走线，和现在时装常用的明黄色配单宁蓝完全不同，像是从小蘑菇中延伸出来的什么，把妩媚娇俏的轮廓从头到脚再勾勒一遍。

这种露出手臂、收腰、迷你短裙的款式总会让人想到"Swinging London（摇摆伦敦）"风潮。那是IT girl最开始受人追捧的年代，几何型剪裁、迷你短裙、短发、高筒靴，

都曾美好得令人炫目。设计师 Mary Quant 首次把裙子长度提高到膝盖以上 4 英寸（10.16 厘米）的位置，要知道在当时的欧洲，露胸虽是百年传统，露腿却可以造成整个儿西方的轰动。它虽然不及比基尼原子弹般的爆炸效果，但确实达到了惊世骇俗的程度。

大胆的迷你裙，将性感挑逗与纯情少女的味道很好地融合在一起，在那个经济和社会双重动荡的年代，让整个儿西方世界都跟着伦敦摇摆了起来。现在再穿起这些，又不知道该荡漾谁的心呢？

造作生活

LUCA NICHETTO / 造作

大部分城市人的骄傲都徒有其表：穿设计师联名款的外套，却忽略了内搭 T 恤领口的线头；自称美食爱好者，但最常吃看不到产地、原料的油腻外卖速食；不甘心被市面上普遍的八十年代装修风格俘虏，也最多是逛逛宜家、MUJI，用简易边柜遮挡一下露怯的碎花壁纸。你的生活，远没有你描述的挑剔。

在这方面，“造作”确实做得比其他品牌精彩许多。他们签约了亚洲和欧洲的数百位顶尖设计师，为年轻的新中产阶级提供有设计感、品质卓越的家具、家居产品，大到沙发、餐桌，小到汤匙、水杯。全部产品均为独立设计研发，哪怕是一把椅子，都会反复推敲，得出最佳臀腿着力点的弧度。椅身和椅腿的缺位精度不超过 1mm。但设计师还要骄傲地说：“保留这个差值是为了能让消费者更加便捷地自主安装，若不是这个原因，我们的精度可以做到百分之百。”

另外，如果你也经历过装修房子这种事，想必你也和我一样厌倦了所谓的地中海、新中式、美式乡村等冠冕堂皇的标签。而“造作”所希望的恰恰是帮你撕掉这些标签，重新定义家居生活。在它的官网或实体店里，你看不到任何形式大于内容的介绍，而是由来自不同国家、不同文化背景的设计来告诉你，实用且优雅的家应该是什么样子的。一种无边界的美感。

当然，这个充满融合的无边界理念还是十分有趣的，比如他们将吴冠中大师的“白桦林”图案用于餐具、茶具上，抽象写意的传统水墨，赋予了瓷器新的生命力。明媚黄色与纹样碰撞相融，饱满而富有张力，并且还保留了原画作的油画布纹理质感。

具有艺术感又日常的器物态度，处处都透着创作者的骄傲。

值得珍重的扣子

不知道你有没有发现，扣子这种稀松平常的小东西，正在逐渐退出流行。

也许是因为现在定制服装越来越少，人们很难在细节上有自己的主张？还是因为生活节奏变快，对服装的审美周期变短了？总之，当你买到一件衣服，基本都是它已经完成了的样子。紧接着，等不及让你好好欣赏它，甚至进一步去厌倦它，洗洗晒晒不到一季，下一波流行又会席卷着别的东西向你汹涌而来。太快了，来不及思考。

也正因为是这样的速度，越来越多的品牌喜欢采用弹力面料。可以很

容易就 fit 到任何人，不用担心不合适的面料会让你的身材露出马脚，也不用烦恼复杂的版型。于是，当然就更不需要扣子。

但是在我上学的时候（我是学服装设计的），扣子绝对不是一件“小事情”。大家可以为了一颗好看的扣子，走遍所有市场，去找到能衬得上它的面料。那么重要的位置，一个小小的几何形状，不同的色彩、不同的质地，就能让整件衣服闪耀出不同的光芒。这本身就是一件值得花时间去玩味的事情。

迄今为止，送出去的最合我意的礼物也和“扣子”有关：找相熟的服装设计工作室，按照经典的英式版型做一件男士白衬衫。袖扣、前襟扣选用白色微微有光泽的天然母贝扣。而领口最上方一颗，则用特别定制的手工银扣做点缀。精致简练的银扣，搭配贝母有说不出的脱俗感。如果想要更有心意一些，还可以在扣子背面刻上对方的英文名字或者纪念日等等。但我并不是对方的女友，不需要这些郑重其事的仪式感。只希望他在衬衫穿旧之后，能把银扣剪下，或是收藏或是再缀到其他衬衫上，一份默默的珍重就很好。

猪鬃发梳

对梳子这件事，我可以洋洋洒洒谈上很久。家里的各个角落，也会放上不同功能的梳子以备随手使用：

书桌旁是 Acca Kappa 的天然榉木气囊梳，可以按摩头皮，起到放松的作用。浴室里要放一把宽齿长柄板梳，方便在洗澡之后把湿漉漉的头发梳通梳顺。要出门之前，穿上外套之后，要用放在玄关的猪鬃梳做最后的整理。而手袋里，也会放一把 Braun[1] 的负离子梳，用来去除静电。尤其是在北方干燥的冬天，它十分必要，再昂贵的发油也没有它来得方便。

这里提到的梳子，如果论故事的话，猪鬃发梳历史最为久远，从两百多年前就开始被欧洲的贵族所使用了。最开始猪鬃发梳都是纯手工制作，后来慢慢应用了机器，但是在一些雕琢和打磨的工序上，还是只能由人工来完成，毕竟是贴身之物。

我用的这把，是猪鬃混合尼龙材质的。鬃毛有刺激毛囊的作用，可以把头皮分泌的天然油脂从发根带到发梢，使头发柔顺滑亮。而尼龙则是用来增加力度的，可以轻松打开打结的发尾和发卷。头发在梳齿梳理之间，空气流动，从而形成自然蓬松的造型。就“梳子界”来说，猪鬃梳绝对不算是什么“柔弱的小姐”。使用的时候，你可以清楚地听到鬃毛“唰唰”掠过头皮或发丝的声响，是从头到尾的通畅感，十分有劲。

据说已故的黛安娜王妃每次出门都会随身带一把 Mason Pearson[2] 的 5 圈猪鬃梳，想着她那一头金色的短发，确实是温柔又有力量。

1. Braun（博朗），1921 年在德国法兰克福创立的品牌，以精致的设计缔造出一个又一个经典，成为德国设计的典范。旗下 10 大类 200 多种产品涵盖男士剃须、女士脱毛、美发护发等，成为全球小家电巨头。德国博朗的产品曾经荣获 60 多项红点设计大奖，现代气息、简约、纯正和高品质正是博朗的风格。博朗的经典产品剃须刀的底架采用的是 F1 赛车的单体结构技术，并用碳纤维材料加以巩固，经久耐用，长达六十年来常居欧洲“最受男士欢迎剃须刀”的宝座。可以说是男人心目中的殿堂级剃须产品，也是完美品质的代表。

2. Mason Pearson（梅森 · 皮尔森）是英国百年传统品牌，也被称为是梳子中的劳斯莱斯。在英国有个传统就是，生女孩要送 Mason Pearson 的梳子，一把梳子可以用到女儿出嫁。

煮汤的智慧

在 MUJI 闲逛的时候，无意中看到了这个勺子。标签上写着：除浮沫勺，作用自然就不言而喻了。

其实“除浮沫”是下厨过程中常常要做的，煮汤时候尤其重要。只有在大火滚开之后，肉质里的杂质才能浮出，这时候把浮沫用勺子撇掉，汤就可以变得清澈甘醇。但在中式厨房中并没有单独设计的除浮沫勺，大多是一把大汤勺就搞定。不过这样一来，杂质虽然没有了，汤的分量也要减去不少。于是当下买了它回家，决定试

试看这种日式的智慧。

对于喜欢下厨的女生来说，这勺子很轻，是由食品级别的不锈钢材质制成。非常细密精巧的滤网可以轻松地将杂质留在网面上，而汤汁则一滴都不浪费地留在锅子里。在煮汤或炖肉的时候，只要手边放一个小碗就可以，几下就可以将浮沫取得干干净净。勺柄从底部到顶端一气呵成，用过后放在清水下冲洗几下，挂起来晾干就好。相比以前用大汤勺的笨重感，这个设计的使用体验简直能打满分。

你看，这就该是良物了，它让下厨变成一件再简单不过的事情。没有复杂的程序和多余的器具做陪衬，哪怕是初入厨房，也可以做得优雅、准确。而这样的设计，我最想推荐给那些坚守在传统厨房的阿姨和妈妈们，用更轻松的方式去做日常事，心情也会跟着愉悦起来吧？

最简单的
茶泡饭

生病的时候，只愿食得清淡，制作起来又不太麻烦。茶泡饭是很好的选择，主要食材都是家里常备的，其他的就随当天的心情好了。

把米饭盛入碗中，然后泡一壶热茶，水温不用太高，顺着米饭徐徐浇下。再在汤饭上铺上剪成细丝的海苔，一点点芝麻，三四粒松子，两粒盐渍紫苏梅干就好。因为海苔和梅子本身的咸度，所以我会把酱油和盐统统省掉。如果家中恰好有三文鱼，也会把三文鱼煎至金黄，用厨房纸吸掉表面的油，再撕成条放到米饭上。这就是稍微豪华的版本了。

这种泡饭入口有点微苦，回味却是似甘如兰。一碗下去，全身上下都沁出细密的汗珠，有说不出的舒畅。先不管大夫如何叮嘱按方服药，起码自己就把自己治愈了一大半。

在《古食珍选录》中曾经记载："冒妾董小宛精于烹饪，性淡泊，对于甘肥之物质无一所好，每次吃饭，均以一小壶茶，温淘饭，此为古南京人之食俗，六朝时已有。"正因为董小宛"精于烹饪"，又"性淡泊"，才喜欢每次都用热茶泡饭吧？否则如果按照现代人粗糙的版本来演绎，"妾"多半是热水冲一碗剩饭，就着橄榄菜随便将就一顿了。

"茶"在这里是饭的灵魂，看起来最不经心，又是最最需要用心的。日式茶泡饭中常用玄米茶，而我喜欢用龙井，回味鲜甜。有时候也用口味稍重的铁观音，第一道热水洗茶，第二道水冲泡十几秒就可以浸出金色的茶汤。它比绿茶的口感更涩，但香气也更浓，那味道仿佛五脏六腑都被洗过一样。

这一碗过后，又是新的一天。

后记

1.

我从不认为自己是一个念旧物的人，只是，有时候有些东西是附有记忆的。抹不去的是记忆，人是被动的。

据说，《旧唐书·杨贵妃传》记载过这样一段故事：安史之乱的时候，唐玄宗带着杨贵妃等亲信仓皇逃离长安，途径马嵬坡时，护驾兵士哗变，他们团团为主玄宗躁动喧嚣着。玄宗不明原因，询问后才知道兵士的意思。他们认为：杨贵妃的兄弟杨国忠谋反，贵妃已经不适合侍奉在皇上身边，皇上应该大义灭亲，将贵妃割恩正法。年逾七旬的玄宗迫于众怒，万般无奈，只能将同自己朝夕相伴十七年的爱妃赐死，并草草埋葬。一年多以后，玄宗结束流亡生活回到长安，但对杨贵妃仍然念念不忘，密令亲信开墓改葬杨贵妃。据记载，当挖开旧冢的时候，贵妃“肌肤已坏，而香囊仍在”。

这种香囊是一种金属鎏金的镂空雕花球体，设计巧妙得益于香盂本身的自重作用和两个同心圆机环的机械平衡。佩戴的时候，无论如何摆动，香盂都可以保持水平状态，香灰不会倾洒。用于悬挂或放于被褥中，也可以随意滚动。这确实是仅供上流社会贵族把玩的一种“小物”，目前全国也仅出土了不足十件。

第一次看到这个故事，是在女友随手扔在我家的《中国国家博物馆展品中的100个故事》上。其实整本书就是说明文加科普风格，但偏偏这段关于杨贵妃的香囊，我看了又看，总是难忘。平实地讲，对于年逾七十的老人的感情，横亘于岁月之上的爱人的随身之物，那句“香囊仍在”太让人心碎了。

2.

年纪还小的时候，对于生活总是有着很多 list 。

我还记得那时候每到周末，都会和姐姐们一起逛街。说是逛街，其实也不过是兜里揣着仅有的一点点预算，满大街闲逛。那些闪闪发光的文具店，堆成小山的漫画和贴纸，可以自动弹出的日本铅笔盒，印有美少女战士的塑料书皮封套……总是要精挑细选过才肯羞涩地买单，回家后自然视若珍宝。

那时候的文具店和现在不太一样，除了书本纸笔之外，有时候也会卖一些女生喜欢的发卡、蝴蝶结发圈，依稀记得还有芭比娃娃和不干胶耳钉贴纸吧（笑，太时代感了，有点暴露年纪了）？总之那像是出售梦想的地方，从那些简陋的时光中得到的欢愉和满足，实在是笔墨难以形容的。

到了今日，正版的芭比娃娃（那时候很可能买的是盗版）和蝴蝶结发圈几乎唾手可得，兴之所至，甚至可以拿出几天时间往返日本，也许还能买到当年的《凡尔赛玫瑰》和自动铅笔盒。漫画里的女主角奥斯卡，也是曾经热爱穿男装的。

但是，想不到儿时最珍贵、最宝贝的东西，现在已经沦为我们日常生活中的一项点缀了，我也很久没和姐姐们一起闲逛过了。日复一日，Happy shit。

3.

于我而言，和物的机缘总有那么一点“意料之外”的意味。

因为工作的关系，有时候需要主动去寻找，但结果往往差强人意。毕竟我所倾心的好的设计，总是不擅长为自己背书。有时候隔了一段时间，换了个场景又返回头遇上了，才有机缘慢慢体会出它的好。也有一些是随手盲买的，却是使用一次就爱上了。竟然发现，原来在这个领域，我的身体和心灵对物品其实是有这样或那样的要求。

这样看来，购物和恋爱并没有什么本质的差别。贴 tags 、预设心境，都是给自己徒增烦恼，而良物自有态度，花开花落都有时。一旦接受了这样的想法，在买买买的路上就会顺畅很多。不为了买而买，也不为了爱而爱。

这本书中的文章涉及吃穿用度多个方面，也有一些并不具形的场所和精神。但是总的来说，大部分是对我目前日常生活的还原。这一年，我对消费、审美和物与人的关系都有了重新的领悟，这的确是一个映照了内心的过程。

感谢帮助完成全书的所有工作人员，尤其是策划编辑汝怡，并没有对我有过多的限制，但确实花了很多心思在有效用的沟通上。另外，除了文字之外，整体的视觉效果也是我十分看重的，希望它能够给大家带来阅读上的喜悦。

祝你们感受到良物的美好！

张璇

2016 年冬，于北京